Tanja Hildebrand

Die Element-Chroniken

Tanja Hildebrand

Die Element-Chroniken

Teil 2

Die Rückkehr der Blitzaugen

Fantasyroman

edition fischer

Bibliografische Information der Deutschen Nationalbibliothek

Die Deutsche Nationalbibliothek verzeichnet diese Publikation in der Deutschen Nationalbibliografie; detaillierte bibliografische Daten sind im Internet über http://dnb.d-nb.de abrufbar.

Orber Str. 30, D-60386 Frankfurt/Main

Schriftart: Arno Pro 12pt
Herstellung: ef/bf
ISBN 978-3-86455-829-0

Für Katharina,
weil es Mytrill ohne dich
wahrscheinlich gar nicht geben würde.

Vorgeschichte

Eine wunderschöne Gestalt ... Ihr Weg führt durch finstere Nacht. Weiße, hüftlange Haare scheinen im Vollmondlicht zu leuchten und vor Schreck und Angst geweitete Augen suchen hastig die Umgebung ab, während die in einen samtblauen Kapuzenmantel gehüllte Gestalt über den knirschenden und von Tau betropften Kiesweg rennt. Die Nacht ist so hell und rot erleuchtet, dass sie zu brennen scheint.

Zwei Kinder hält die Gestalt im Arm.

Ein Kind weint, das andere sieht sich nur aufmerksam um und scheint jede Sekunde der Angst in sich aufzusaugen.

Die Aura des weinenden Kindes ist rein und leuchtet hell wie reines Gold in der Morgensonne. Das andere Kind ist umgeben von einer silbern schimmernden Aura, die so hart zu sein scheint wie Platin. Sie ist wie eine Schutzmauer um das aufmerksame Kind.

Diese Aura kennt keine Angst, nur Interesse.

Das andere Kind weint. Es spürt die Angst der Gestalt, die so schnell rennt.

Renn ruhig ... Renn! Ich finde dich und MEIN KIND eh! Du brauchst nicht zu fliehen! Versuch dich nicht zu wehren! Es nützt nichts! Hörst du! ES NÜTZT NICHTS!, schreit ein Gedanke, der durch den Wald schwebt wie ein Todesengel.

Eine Frau tritt aus dem Wald auf die Gestalt zu. Sie streckt die Hand nach dem weinenden Kind aus.

Die Gestalt zieht sich ein wenig zurück.

Die Frau hat feuerrotes, brustlanges Haar. Ihre Augen sind von derselben Farbe, nur ihre Haut ist grün wie Gift. Sie öffnet den Mund und faucht. Ihre Zunge ist in der Mitte gespalten wie die einer Schlange. »Gib mir mein Kind, Ijesabell!«, faucht sie.

»Du willst es nur töten, Dorelis!«, stößt Ijesabell hervor.

»Ich will die Prophezeiung erfüllen, du dummes Ding!«, kreischt Dorelis. Ihre roten Augen scheinen Funken zu sprühen. Sie wächst und ihre Arme und Beine beginnen sich aufzulösen, während sie sich in eine gigantische Gift-Wasserschlange verwandelt.

Ijesabell rennt. Ihr Atem geht rasselnd. Das weinende Kind ist vor Schreck ganz starr, während das andere die Chancen einer Flucht zu errechnen versucht.

Ijesabell schafft es, an ihrem Ziel anzukommen, kurz bevor Dorelis die Verfolgung beginnt. Es ist eine geheime Höhle. Der Blitzaugen-Mann ist schon da.

»Hier!«, schnauft Ijesabell und gibt dem Mann die Kinder. »Sage niemandem, dass ich sie dir gab, sage niemandem, dass du sie gemeinsam bekamst, und erzähle niemandem, was du gleich siehst! Es muss ein Geheimnis bleiben!«, haspelt Ijesabell gepresst hervor.

»A ... Aber ...«, beginnt der Mann, doch Ijesabell tritt aus der Höhle und schließt sie.

Sie stellt sich in die Mitte der Lichtung, als Dorelis aus dem Wald angeschlängelt kommt.

Ijesabell hat Tränen in den Augen.

»Letzte Worte?«, fragt Dorelis gespielt ironisch mit einem zischenden Unterton.

»Du bist ein Monster!«, schreit Ijesabell und Dorelis stößt auf sie nieder. Ijesabell ist sofort tot.

Dorelis lacht und dann fällt ihr ein, dass das Kind nicht da ist.

Sie schreit den lautesten, schrillsten und wütendsten Schrei, den der Wald je gehört hat, und alle Tiere fliehen aus dem Wald.

Der Mann, ganz still und heimlich, läuft den geheimen Tunnel entlang bis zur Schule. Er wird Ijesabells letzte Wünsche erfüllen. Niemand soll wissen, welches der beiden Kinder Ijesabells und wer Dorelis' Kind ist, und niemand wird erfahren, was in dieser Nacht wirklich geschehen ist.

Ein Brief fliegt durch die Luft. Ein kleines Kind weint. Es liegt vor der Tür.

Passt gut auf Mytrill auf!, flüstert die Nacht und die Tür öffnet sich. Woher bloß kam diese Stimme? Das Kind kann sie nicht sehen, doch da ist etwas, das weiß das Kind. Es streckt die Händchen aus und schreit, doch jetzt sind die Schatten wieder leer.

Kapitel 1

Es war ein ruhiger Ort, den ich mein Zuhause nannte. Die Siedlung Myrotten beherbergte nicht viele Menschen. Knapp zwanzig und mehr auch nicht.

Myrotten lag sehr abgeschieden mitten im Wald. Früher waren die Bewohner Bergarbeiter gewesen, die an der Mytrill-Gruft gearbeitet haben. Seit die Mine damals eingestürzt war, war sie für diese Siedlung zu einer Art Wahrzeichen des Todes geworden.

Ich habe nie erfahren wozu damals überhaupt Mytrill abgebaut wurde, aber es war mir auch ehrlich gesagt egal, denn bis auf das das mein Name war, hatte ich nichts mit diesem Erz zu schaffen.

Quennot erzählte mir immer mit großer Spannung, dass man mit Mytrill Monster abschrecken könne, doch wer glaubt schon an so etwas Fantastisches wie Monster?

Ich auf jeden Fall nicht. Trotzdem war ich immer die, die sich Quennots stundenlange Vorträge anhörte. Ich war ja schließlich auch seine Schwester. Außerdem hatte er mich nie gefragt, ob ich es überhaupt hören wollte. Worte waren viel zu kostbar, als dass man sie einfach so verschwenden sollte!

Aus Prinzip sprach ich nur, wenn man mich etwas fragte und selbst dann versuchte ich mich möglichst kurz zu fassen.

Als ich noch klein war, gerade einmal viereinhalb Wochen alt, hatte ich eine andere Einstellung vertreten und so früh es ging, hatte ich angefangen zu sprechen.

Darüber waren Mutter und Vater so erstaunt, dass ich ihr Entsetzen nicht bemerkt hatte.

So habe ich erst später erfahren, dass meine Eltern nicht

glücklich darüber waren, dass ich mit fünf Wochen schon das Wort »Quantenphysik« aussprechen konnte.

Seither bin ich still, außer man fragt mich etwas.

Mit der Zeit habe ich festgestellt, dass meine Neigung zu absoluter Stille dazu führen kann, dass die Leute vergessen, dass ich anwesend bin.

Quennot hatte sich das zu Nutzen gemacht und mir beigebracht, wie ich die Keks-Box nehmen konnte.

Einmal war es allerdings passiert, dass mich Mutter trotzdem erwischt hatte. Sie hatte mich nicht gefragt, ob ich es wirklich selbstständig versucht hatte, sondern mir gleich Hausarrest gegeben. Das Wort »protestieren« kannte ich zwar schon, aber ich habe mich trotzdem nicht gewehrt. Schließlich hatte ich ja keine Freunde. Nur Quennot behandelte mich einigermaßen gut. Selbst Vater und Mutter waren nicht besser. Wie oft schon hatte Mutter versucht, mich »unabsichtlich« im Wald zu vergessen. Vater aber verhielt sich, als müsse er ein Versprechen einlösen, indem er mich immer wieder zurückholte, was ihm jedes Mal eine Ohrfeige von Mutter einbrachte.

Mein Leben war, so gesehen, also nicht gerade von Liebe durchsetzt und das ging jetzt schon vierzehn Jahre so ... An jeden dieser schrecklichen Tage konnte ich mich gut erinnern, nur der erste Tag meiner Erinnerung war wie ein Traum, denn da wurde ich geliebt, in den Arm genommen ... Aber es war so dunkel, dass ich nichts erkennen konnte.

Ja ... Genau vierzehn Jahre ... Heute hatte ich Geburtstag.

Ich saß in einer dunklen Zimmerecke auf dem kalten Steinfußboden und las ein altes Buch.

Es ging um eine Person, die versuchte, einen Vulkan zum Verstummen zu bringen. Es war natürlich keine auf realen Ereignissen basierende Geschichte.

Als die Tür quietschend aufging, sah ich von meinem Buch auf.

Mutter und Vater kamen streitend ins Zimmer.

»Vierzehn! Vierzehn! Jetzt ist sie alt genug, also worauf wartest du!«, schrie Mutter zornig. »Aber was ist, wenn die Eltern ... Sie abholen wollen?«, fragte Vater. »Abholen?!?! Nach vierzehn verdammten Jahren?!?! Sie verschwindet, und zwar noch heute! Keinen Tag länger in meinem Haus!!!«, kreischte Mutter.

»Aber was wenn ...«, stotterte Vater. »Ihre Eltern waren bestimmt Mytrill-Arbeiter! Bestimmt wurden sie überfallen und haben nur diese Göre noch hier ablegen können, bevor sie jämmerlich gestorben sind! Tot, tot, tot! Auf was wartest du?!?! Heute kommt das Weibsbild weg! Ich mag nicht, wie Quennot sie anschaut! Als würde er sie mögen ... Sie muss weg!«

Mutter kreischte ununterbrochen und ließ Vater gar nicht mehr zu Wort kommen.

Es fühlte sich an, als sei der gesamte Raum mit Druckluft gefüllt, so schwer fiel mir plötzlich das Atmen ... Redeten sie über mich?

Ein eiskalter Dorn aus Bitterkeit bohrte sich in meine Magengrube und verursachte einen sauren Geschmack in meinem Mund.

»Du musst ihr endlich klar machen, dass sie ein Waisenkind ist! Das hier ist kein Waisenhaus! Verdammt, Klaudius! Wir müssen Mytrill loswerden!«, schrie Mutter.

Das war's dann. Sie hatten wirklich von mir gesprochen ... Ich war also eine Waise. Schön zu wissen!

Es tat einen Knall als ich das Buch zuschlug und *Mutter* und *Vater* zusammenzuckten. Eine Staubwolke löste sich von dem Buch in meiner Hand. Ich legte es vor mich auf den Boden und stand auf. Unter den Blicken meiner vermeintlichen Eltern eilte ich zur Tür und stürmte nach draußen in die sengende Hitze. Ein metallischer Geschmack lag in der Luft und eine sanfte Brise wehte mir das feuerrote, schulterlange Haar zurück. Meine blau-violetten Augen sahen nur noch verschwommene Hügel in kaltem Grau, weil mir die Tränen die Sicht nahmen.

Der letzte Halt ... Mein einziger Stützbalken war gebrochen. Meine Welt stürzte zusammen.

Nicht einmal eine richtige Familie hatte ich. Einsam und ohne jede Hoffnung eilte ich zu dem einzigen Ort, an dem ich mich komischerweise zuhause fühlte. Zur Mytrill-Mine.

Vielleicht war es einfach nur so, weil wir den gleichen Namen hatten ... Aber das war ja eigentlich nebensächlich.

Schon früher war ich heimlich zur Mytrill-Mine geschlichen. Ich hatte sie damals entdeckt, als *Mutter* mich das erste Mal im Wald aussetzte. Ich hatte mich so alleine gefühlt ... Dann war da diese große Höhle gewesen. Es war kalt und ich zitterte erbärmlich. »Vielleicht ist es in der Höhle warm ...«, hatte ich gedacht und war eingetreten.

Ich lief durch die Mine, bis ich bei der Einbruchstelle war und setzte mich dort auf den Boden. Ich starrte den Gesteinsbrocken an. Hier und da schimmerte er leicht rötlich.

Dann brauste die Wut in meinem Inneren auf und lief über. Mit einem wütenden Schrei schlug ich die Faust gegen den Gesteinsbrocken und es knirschte unangenehm, als er mir das Fleisch zerschnitt.

Im Stillen fluchend nahm ich meine Hand von dem Stein. Es tat wirklich schrecklich weh. Vorsichtig tupfte ich die Wunde mit meinem T-Shirt ab. Es war sowieso nie das sauberste gewesen.

In dem Moment hörte ich jemanden auf mich zukommen. Ich hob den Blick und sah Quennot ankommen.

»Mytrill ... Ich wusste, dass du hier bist ...«, keuchte er.

Ich biss mir auf die Unterlippe. Quennot kannte alle meine Geheimverstecke und ich konnte nichts vor ihm verbergen.

Er lächelte traurig. »Herzlichen Glückwunsch zum Geburtstag ...«

Ich sah weg, damit er nicht sah, dass mir Tränen in die Augen stiegen. Quennot sagte immer zum falschen Zeitpunkt irgendwas Ironisches, was ich ironischerweise überhaupt nicht leiden konnte.

»Hey! Hab ich dich irgendwie beleidigt?«, fragte er.

»Du bist nicht mein Bruder und du warst es auch nie ...«, hauchte ich. Quennot seufzte. »Dachte ich's mir doch! Sie haben es dir gesagt!«, schloss er.

Ich sagte nichts und hielt den Blick gesenkt.

»Du bist zwar nicht meine richtige Schwester, aber ich fühl mich trotzdem wie dein Bruder!«, erklärte er und legte mir die Hand auf die Schulter.

Ich sah auf und ihm direkt ins Gesicht. Die Tränen verebbten mit einem Schlag. »Was ist denn los, Mytrill?«, fragte er mich verwirrt.

»Ich muss herausfinden, wer meine richtigen Eltern sind!«, rief ich und stand auf. Quennot sah zu Boden. Ich sah ihn fragend an und er seufzte. »Mytrill ... Zu der Zeit, als wir dich vor unserer Haustür fanden ... da haben noch Monster gelebt! Und hier in der Gegend waren sogar die gefährlichsten von allen! Wir vermuten, dass ...«, Quennot seufzte wieder. Ich schnaubte verächtlich. Das war ja nun das lächerlichste, das ich je gehört hatte! Monster gab es doch gar nicht, also was sollte das Theater?

Ich ging an Quennot vorbei zum Minen-Ausgang.

»Hey! Wo willst du hin?«, rief er mir nach.

»Meine richtigen Eltern suchen!«, erklärte ich unbeirrt und lief nach draußen.

Quennot rannte hinter mir her. »Mytrill! Das ist Irrsinn!«, versuchte er mich umzustimmen, doch ich blieb nicht stehen und ging tiefer in den Wald.

»Mytrill! Du bist verrückt! In ein paar Tagen kommst du weinend zurück, aber behaupte nicht, ich hätte nicht versucht, dich von deinem albernen Vorhaben abzubringen!«, schrie er mir hinterher. Quennot war stehen geblieben und so ging ich alleine weiter. Welchen Unterschied machte das schon ...

Ich war ja sowieso allein auf der Welt, solange ich nicht meine wahre Familie fand ...

Ich merkte, wie mir wieder Tränen in die Augen stiegen. Ich hatte zwar nichts mehr zu verlieren, doch erst jetzt begriff ich, wie zerstört mein Leben sowieso schon war. Wie hatte ich das nur all die Jahre übersehen können?

So lief ich eine ganze Zeit und schaffte es trotzdem nicht, mit mir selbst ins Reine zu kommen, denn die ganze Sache belastete mich so sehr ... Ich konnte nicht einmal sagen warum, denn schließlich kannte ich meine wahren Eltern ja nicht!

Völlig fertig setzte ich mich auf den Boden und seufzte. Was hatte ich mir da nur eingehandelt.

Das Moos war weich und ich war erschöpft. Langsam lehnte ich mich mit dem Rücken gegen einen Baum und machte die Augen zu. Vielleicht käme mir im Schlaf eine Antwort in den Sinn, mit der ich das ganze Chaos in meinem Schädel ordnen könnte.

Mytrill ... Du wachst besser auf.

Wo kamen denn die Stimmen her? War das immer noch ein Traum? Ja! Da vor mir stand eine Gestalt und ... zwei Gestalten! Ein Junge und ein Mädchen. Vielleicht etwas älter als ich, aber auch nicht sehr viel ...

Wer war das? Das Mädchen hatte blaue, hüftlange Haare und einen wirren Pony. Sie trug ein ausgefranstes Kleid in dem sie zwar sehr dreckig, aber auch sehr zierlich wirkte. Ihre Augen waren von einem sanften Himmelblau und ihr Gesicht wirkte kindlich und doch so, als gäbe es kein ernsteres.

Der Junge hatte strubbelige, hellgrüne Haare und trug abgetragene Leinenhosen und ein zerrissenes T-Shirt. Von ihm ging eine seltsame Anziehungskraft aus. Seine Augen schienen so dunkelgrün wie Tannennadeln. Er sah ziemlich schlaksig aus und doch wirkte er so alt wie die Zeit selbst.

Die beiden hielten sich an den Händen und blickten mich mit traurigem Blick an.

Los schon. Dir bleibt nicht ewig Zeit!, sagten sie ohne die Lippen zu bewegen.

»Hey! Wach auf!«

Ich öffnete die Augen und das Mädchen und der Junge waren verschwunden. Über mich gebeugt stand ein junger Mann, der vielleicht drei Jahre älter war als ich. Seine Haare waren schon ergraut, ebenso wie die Hälfte seines steinhart wirkenden Gesichtes. Bei näherem Betrachten konnte man erkennen, dass diese Gesichtshälfte aus tätowierten Ornamenten bestand.

»Hey! Sie ist aufgewacht!« Er drehte sich zu jemandem um, dem er das zurief, dann sah er wieder zu mir.

»Na, Kleines? Wie heißt du denn?«, fragte er und hielt mir die Hand hin. Ich ergriff sie und zog mich daran hoch. »Mytrill!«, sagte ich dann. Der Mann stutzte kurz. »Wie das Erz? Na ja, wird schon passen! Ich bin John, doch alle hier nennen mich Graf Greyeye«, stellte sich John vor. Als er meinen verwirrten Blick sah, lächelte er.

»Ich bin kein Graf oder so! Ich bin nur der Hauptkommandant des Blitzaugen-Flüchtlings-Camps! Du bist nicht zufällig darauf aus, eine Blitzauge zu werden oder?«

Ich hob die Augenbrauen. »Die gibt es echt, die Blitzaugen?«, fragte ich verwirrt und mein Blick blieb an seinem Tattoo haften.

Er lachte wieder. »Ja, aber wir sind nur noch ganz wenige, weil es keine Monster mehr zu geben scheint, aber ich kann dir doch ein Geheimnis erzählen?« Ich beschloss, dass es eine Frage war und nickte.

»Es gibt sie immer noch, die Monster! Sie verstecken sich nur, damit wir Blitzaugen aussterben und dann kommen sie zurück und vernichten die gesamte Menschheit! Es ist unsere Aufgabe zu verhindern, dass es wirklich so kommt!« Er sah mich schief an. »Also wie sieht's aus? Machst du mit?«

So recht glauben konnte ich ihm noch immer nicht, also sagte ich gar nichts. John seufzte. »Na gut! Dann muss ich dir eben alles zeigen!«

Kapitel 2

Das Blitzaugen-Flüchtlingscamp ... Wer hätte je gedacht, dass so ein Ort existiert. An jeder Ecke standen Leute, die alle so wie John ein Tattoo unter dem einen Auge oder darum herum trugen. Das Camp bestand aus lauter kleinen Zelten aus Naturbaumwolle. Einige Zelte wurden gerade für die Nacht abgedeckt.

Ich drehte immer wieder den Kopf, um auch ja nichts zu verpassen, was vielleicht wichtig war.

Ununterbrochen und unerschütterlich erklärte mir John alles.

Angefangen bei den Zelten bis hin zu der Bedeutung meines Namens, die ich zwar schon kannte, doch ich wollte ihn nicht unterbrechen, um ihn darauf aufmerksam zu machen.

Dann blieben wir vor einem besonders großen Zelt stehen. Meine Augen weiteten sich. Das Zelt war wirklich riesig.

»Penelothea!!!«, rief John. Eine junge Frau, so um die achtundzwanzig, kam aus dem Zelt gestürmt. »Junge, John! Das Vieh lebt immer noch!«, schrie Penelothea. Was mir am allerdeutlichsten an ihr auffiel, war der Umstand, dass sie kein Tattoo unter dem Auge hatte. Sie sah recht schön aus mit ihren strohblonden, knielangen Haaren. Sie trug ein ausgebeultes Kleid, was jedoch nicht ihre fantastische Figur beeinträchtigen konnte, die von einer recht fülligen Oberweite gekennzeichnet wurde.

So elegant würde ich wohl nie in meinem Leben aussehen ... Und dann diese Augen! So durchdringend grün wie Seegras auf einem Unterwasserfoto.

»Na, wer ist denn deine kleine Freundin?«, fragte Penelothea und warf einen langen Blick auf mich, ehe sie wieder zu John sah.

»Ach, stimmt ja ... John! Es lebt immer noch! Es schlägt immer wieder um sich und kreischt, das Biest!«, beschwerte sie sich. John verzog das Gesicht, dann ging er ins Zelt und ich folgte ihm. In der Mitte des Zeltes stand ein Käfig und der war leer.

John rannte erschrocken darauf zu und untersuchte die Scharniere der Gittertür.

»Aufgebrochen. Ich muss Alarm schlagen!« John stand hastig auf und rannte aus dem Zelt. Ich folgte ihm schweigend.

»Alle herhören! Die Medea ist geflohen! Du da! Wie heißt du?« John schrie und deutete dann auf ein Blitzauge.

»Äh … Joey …«, stotterte er nervös.

»Hast du die Medea gesehen, Joey?«, fragte John. Joey schüttelte kräftig und beinahe schon verzweifelt den Kopf.

»Und du, Blitzauge, wie heißt du und hast du die Medea gesehen?«, rief John einem anderen Blitzauge zu.

»Mein Name ist Lewesken und nein, ich habe die Medea nicht gesehen!«, antwortete er. Als John sich wegdrehte, konnte ich kurz ein Grinsen auf Leweskens Gesicht erkennen.

John seufzte. »Einen frag ich noch … Wieso sind eigentlich plötzlich so viele Blitzaugen hier, die ich nicht kenne? Ah! Da ist eine!« John murmelte vor sich hin und sprach dann eine Frau an. Mir stockte kurz der Atem. Sie hatte feuerrotes Haar, genau wie ich, nur dass ihres viel länger war. Irgendwas an ihr sah gruselig aus und ließ mich erschauern. Ihre Augen waren blutrot.

»Ja, junger Herr?«, fragte sie und klang dabei genauso unheimlich. Dann sah sie mich und ihre Augen verengten sich zu Schlitzen.

»Mein Name ist Doris und ich habe die Medea nicht gesehen!«, sagte sie dann, bevor überhaupt eine entsprechende Frage gestellt werden konnte, und wandte sich wieder John zu. Doch aus dem Augenwinkel beobachtete sie weiterhin mich.

Dann drehte Doris sich um und ging weg.

John seufzte. »Die habe ich alle gar nicht gekannt. Ich frag mich, was ich sonst noch alles verpasst habe … aber jetzt muss ich die Medea auf eigene Faust suchen!« John ließ den Kopf hängen und rannte weg. Mich schien er völlig vergessen zu haben. So wie die meisten seiner Leute ... Aber diese Frau ... Doris ... Wer war sie bloß?

Also ging ich in die Richtung, in die sie gegangen war. Bald hörte ich Stimmen. Es waren zu meiner Verwunderung die Stimmen von Joey, Lewesken, Doris und noch einer Person, die ich nicht identifizieren konnte.

»Das war knapp ... Billa! Mach so etwas nie wieder! Fast wärst du umgekommen!«, haspelte Joey.

»Oh, Mann! Es ist doch nichts passiert! Regt euch nicht so auf! Ich bin ja jetzt hier!«, keuchte die fremde Stimme. Ich sah nichts, aber ich wollte auch nicht näher ran, damit sie mich nicht erwischten.

»Wisst ihr ... da war jemand. Ich dachte erst, es wäre ... Nein, das ist zu verrückt!«, seufzte Doris.

»Von Verrücktheit sind wir sowieso umgeben, also raus mit der Sprache!«, lachte Lewesken leise.

»Nun ... Ich dachte, es wäre Lyca, aber sie hatte rote Haare und sie sah viel zu normal aus! Nicht mal ein Tattoo hatte sie! Aber ich frage mich schon, wer sie war.« Doris stockte kurz und seufzte dann wieder.

Über was redeten die da bloß ... Doch nicht etwa über mich!!! Das war ja verrückt! Wieso sollten sie über mich reden und wer bitte schön war Lyca?

Viel zu viele Fragen, viel zu wenig Antworten!

Ich schlich mich etwas näher ran, um besser verstehen zu können, was sie flüsterten.

»Ich will dir zwar nicht zu nahe treten, Dorelis, doch Lyca ist verschollen, ebenso wie Makel, Chez und dieser komische Oskar!«, wisperte Lewesken. Ich sah Doris vor mir den Kopf schütteln.

»Sie verstecken sich nur besser als wir!«, zischte sie und klang plötzlich genau wie eine Schlange und dann sah ich sie! Die Person, deren Stimme ich nicht hatte identifizieren können. Ihr Körper war komplett weiß und ihr Torso endete in einem bleichen Klapperschlangenschwanz. Ornamente überzogen ihren Oberkörper wie ein Panzer. Ihre stockdünnen Arme waren so lang, dass sie bis auf den Boden reichten, wo sie in Klauen mündeten.

Ihre weißblonden Haare wellten sich über ihren Rücken und hingen auf dem Boden. Ihr Gesicht sah fast normal aus, bis auf die bleiche Haut und ihre Augen ... die waren komplett rot! Auch die Pupille! Ich wusste auf Anhieb, wer das war: Die entflohene Medea!

Monster gab es also doch! Wieso halfen Lewesken, Joey und Doris denn diesem Monster? Moment! Was, wenn die drei auch ... Oh, Schreck lass nach!

»Pscht! Habt ihr das auch gehört?«, fragte Doris leise. »Was gehört?«, fragte die Medea.

»Billa, sei verdammt noch mal still! Jemand hat uns belauscht!«, zischte Doris und im nächsten Moment glitt sie auf mich zu. Mein Herz hämmerte, als ich sie sah. Ihre Haut färbte sich türkis und ihr Körper sah auf einmal nicht nur gruselig, sondern richtig gefährlich aus.

Ich biss mir auf die Lippe und zog mich einen Schritt zurück, da verdrehte sich mein Fußknöchel. Ich war falsch aufgekommen. Ich presste die Lippen aufeinander, als mir ein spitzer Aufschrei entschlüpfen wollte. Die Schmerzenstränen konnte ich allerdings nicht zurückhalten. Ich schluchzte kurz auf, dann presste ich mir die Hände auf den Mund, doch der Schaden war angerichtet.

Jetzt hatten sie mich endgültig bemerkt. Ich sank langsam zu Boden und streckte das Bein mit dem verletzten Knöchel aus.

Dann hatte Doris mich entdeckt. »Hey! Du bist doch das Mädchen von vorhin! Wer bist du überhaupt!«, fauchte sie mit gesenkter Stimme.

Mein wunder Knöchel pochte, ich hielt es nicht mehr aus und ohne Vorwarnung zog ich mein Hosenbein so weit hoch, dass ich ihn sehen konnte. Er war total geschwollen und schien zu pulsieren.

Jetzt waren auch die anderen da.

»Hey, die sieht Lyca ja wirklich zum Verwechseln ähnlich ... Na ja ... mit anderen Haaren und Augen und dem kleinen Detail, das ich jetzt nicht erwähnen werde! Diese Ähnlichkeit. Hey, bist du mit Lyca verwandt?«, fragte mich die Medea.

»W... wer ist Lyca?«, fragte ich stotternd. »Das heißt dann wohl ›Nein‹, aber eine Frage habe ich dann doch noch: Wer bist du?«, fragte Doris und sah mir in die Augen. In meine blau-violetten Augen, für die es keinen Vergleich geben konnte.

»I... ich bin Mytrill ...«, stammelte ich und wischte mir mit dem Handrücken die Tränen weg.

»Mytrill?«, fragte die Medea und ich nickte. Sie kamen mir nicht so vor wie ich mir Monster eigentlich vorgestellt hatte, aber nun gut ... das fand ich ja auch nicht gerade schlimm.

»Und wer seid ihr? Wirklich, meine ich!«, fragte ich und verriet damit meinen eigenen Vorsatz, nur etwas zu sagen, wenn man mich etwas fragte.

Doris lachte kurz. »Also ich bin Dorelis, eine der letzten Na'aim, das sind Lewesken, ein Formidabel, Joey, ein Blitzauge auf unserer Seite und Billa, die Albino-Medea! Wir sind auf der Durchreise und sorgen dafür, dass sich alle Monster so lange verstecken, bis die Menschen uns vergessen haben und es keine Blitzaugen mehr gibt. Dann wollen wir wieder frei leben, ohne zu fürchten gleich gefangen oder ermordet zu werden. Wir haben eigentlich keine Abneigung gegen Menschen oder Blitzaugen, was Joey hier beweisen kann, aber uns einfach so abzustechen, erweckt ja nicht gerade Sympathie!«

Ich starrte die kleine Gruppe mit offenem Mund an. »Ui! ... Habt ihr auch ... auch einmal deswegen normale Leute umgebracht?« Ich musste an meine Eltern denken. Die Gruppe starrte mich entgeistert an.

»Ich muss doch sehr bitten! Wir töten eigentlich gar nicht! Wir versuchen nur zu überleben! Wie schon gesagt! Gegen Menschen haben wir überhaupt nichts!«, rief Lewesken.

»Darf ich mit euch kommen?«, brach die Frage aus mir hervor, bevor ich mich bremsen konnte.

»Nein!«, sagte die Gruppe entschlossen. Ich blickte zu Boden.

»Das ist viel zu gefährlich! Am besten du bleibst hier und lernst erst einmal, dich selbst zu verteidigen! Die Blitzaugen-Ausbildung ist sehr lehrreich und außerdem ist das sogar noch besser für uns! Jeder Blitzauge, von dem wir wissen, dass er oder sie für uns kämpft oder einfach nicht gegen uns kämpft, ist ein größerer Gewinn als eine weitere Zielscheibe, auf die die Blitzaugen schießen können!«, sagte Joey und nickte, dann lächelte er Billa an und das Gruseligste, was ich je gesehen hatte begann mit einem lauten Schmatzen, als Billa ihm einen fetten Kuss auf den Mund drückte.

»Bäh ...«, murmelte ich und sah weg. Also war die Gefühlswelt der Monster wirklich genau wie bei den Menschen. Ich hatte ja schon oft irgendwelche Pärchen miteinander gesehen und es immer gleich widerlich gefunden. Ich wartete immer noch darauf, dass ich mich auch mal verliebte, doch die Liebe schien mich nicht zu mögen und ignorierte mich demonstrativ. Strafte mich stattdessen mit Einsamkeit und dem Gefühl, unerwünscht zu sein.

Jetzt und hier begriff ich, weshalb mein Schweigen gebrochen war. Jemand hatte mit mir geredet wie mit einer normalen Person und nicht wie mit irgendeinem Kleinkind, dem man nicht vertrauen durfte, weil es Geheimnisse verraten lustig fand.

Ich sah wieder zur Gruppe. »In Ordnung, aber in ein paar Jahren müsst ihr mich besuchen!«, verlangte ich und sie lächelten mich breit an. Auf einmal umarmte mich Billa. Das war das Merkwürdigste, was ich erleben durfte. »Danke, danke! Wir kommen ganz bestimmt wieder!«, flüsterte sie und schlängelte wieder ein wenig zurück. Alle grinsten und dann winkten sie mir zum Abschied. Als sie weg waren wollte ich aufstehen, als mir ein ungeheurer Schmerz durch Mark und Bein drang.

Meinen verletzten Knöchel hatte ich vollkommen vergessen. Mühsam humpelte ich zum großen Zelt. Penelothea stand davor. Als sie mich sah, wurde sie plötzlich ganz aufgeregt.

»Oh, oh! Was ist denn mit dir passiert! Wo warst du denn!« Sie zog mich in ein anderes Zelt.

Penelothea war sehr freundlich zu mir. Sie hatte mir ein Bett zurechtgemacht und mir beim Umziehen geholfen. Sie hatte mir eine Kräutertinktur auf den Knöchel geschmiert und mir einiges über sich und das Camp erzählt.

Sie selbst war eine Freundin von Johns Mutter Natalie gewesen und als John dann das Werk seines Vaters Rikky übernahm, der verletzt worden war, hatte Penelothea versprochen, für John zu sorgen. Es stellte sich heraus, dass John sogar ein Jahr jünger war als ich! Er war erst dreizehn!

Penelothea war auch eine Blitzauge, aber das wollte sie niemandem mehr zeigen, daher überdeckte sie es jeden Tag mit einer Schicht Makeup.

Was ich aber am wenigsten erwartet hätte war, dass sie etwas von dieser Lyca und ihren Begleitern wusste.

»Es gab damals einen Skandal an unserer Schule! In den Skandal waren ein Lehrer und drei Schüler verwickelt. Der Name der Lehrerin war Doris und die Schüler hießen Makel, Lyca und Chez! Drei von ihnen waren Monster und einer half ihnen. Doris, Makel und Lyca waren Na'aim! Gemeinsam mit Chez flohen Makel und Lyca. Doris war schon über alle Berge. Ich weiß nicht, was aus ihnen wurde, aber manchmal hoffe ich, dass sie überlebt haben, weil ich mir damals gewünscht hatte, mit Lyca befreundet zu sein. Ich hatte alles versucht ... Mich an ihren Tisch gesetzt, sie vor Natalie verteidigt, aber nichts hatte sie bemerkt und dann war sie weg ...« Penelothea seufzte.

»Weißt du, Mytrill, du gleichst ihr wie ein Ei dem anderen, aber dann sind da doch noch so kleine Details, die anders sind ...« Jetzt lachte sie aus einem mir unbekannten Grund. »Du könntest ihre Tochter sein, doch das ist natürlich unmöglich!«

Ich legte die Stirn in Falten. Wieso erzählten mir eigentlich alle Leute, dass ich ihr so ähnlich sah? Das war doch verrückt!

Ich grübelte sehr lange darüber nach, während Penelothea mir noch einige Sachen erzählte, die etwas mit irgendeinem Ritual zu tun hatten, oder sowas in der Art.

Langsam dämmerte ich hinab ins Reich der Träume. Über meinen Gedanken brütend, träumte ich von einer Los-Bude. Ein anderes Mädchen war da, das genauso aussah wie ich. Sie zog ein Los und hielt es hoch. »Hauptrolle« stand darauf. Ich zog auch ein Los und starrte es lange an. Dann sah ich erst das andere Mädchen und dann wieder mein Los an: »Standdouble« stand darauf und vor mir öffnete sich plötzlich ein Loch im Boden, in das ich schreiend stürzte. Es war ein wirklich verrückter Traum und ich erwachte schweißgebadet.

»Oh, Mytrill! Du bist ja wieder wach!« Penelothea lächelte mich an. »Also, um wieder auf unser gestriges Gespräch zurückzukommen, das Ritual der Einweihung ist heute Abend!« Penelothea ging aus dem Zelt.

»Ritual der Einweihung?«, fragte ich stumm. Von was redete Penelothea denn da?

Ich durchdachte die Sache so gut wie es ging, doch meine Gedanken drifteten immer wieder in ferne Richtungen, die alle nichts mit dem Ritual zu tun hatten.

Der Tag verlief also passabel, während Penelothea mit mir Essen am Waldrand sammelte und wir gemeinsam die Wäsche wuschen.

Anscheinend gab es hier nichts Besseres für mich zu tun. Weil ich ja schon früh alleine zurechtkommen musste, fiel mir das nicht gerade schwer zu glauben.

Der Tag zog sich und dehnte sich wie ein Gummiband. Schließlich war der Bogen überspannt und die Nacht platzte herein.

Erst stieg der Mond am Himmel und dann wurde der Himmel violett. Während er immer dunkler wurde, wurden die vielen Sterne am Himmel sichtbar, die wie kleine Farbklekse über den Horizont verteilt waren.

Ein leichter Nebel zog auf und bedeckte das Land wie eine weiche Sommerdecke.

Ich machte mich auf zum Zelt, um mich schlafen zu legen. Ich legte mich hin und schloss die Augen. Nach einem kurzen Moment kam jemand ins Zelt gestürmt und ich wurde wieder hellwach.

»Mytrill! Wo bleibst du denn?« Es war Penelothea.

Ich setzte mich auf. »Was ist denn los?«, fragte ich verwirrt und blinzelte sie an, was so viel heißen sollte wie: »Bitte? Von was zum Teufel redest du denn da?«

Sie verstand. »Von deinem Einweihungs-Ritual, du durchgedrehte Melodramatin! Von was denn sonst? Hast du das etwa vergessen?« Penelothea verstand meinen Blick total.

»So ein Wort wie ›Melodramatin‹ existiert nicht!«, bemerkte ich am Rande. Penelothea verdrehte die Augen während sie mich nach draußen zerrte und dann zum Waldrand.

Am Waldrand standen alle Blitzaugen, die ich im Laufe des Tages kennengelernt hatte. In der vordersten Reihe stand John und sah ziemlich ärgerlich aus.

»Wo zum Teufel warst du!«, brüllte er mich an. Es war keine Frage, das merkte ich ganz deutlich.

»Sie war im Zelt und hatte sich schlafen gelegt!«, beantwortete Penelothea die vermeintliche Frage.

John schüttelte den Kopf. »Na ja ... jetzt ist sie ja da«, brummelte er leise. Dann gingen wir alle in den Wald. Wir liefen einen knirschenden Weg entlang. Es war ein langer Weg und immerzu stellte ich mir die gleichen Fragen:

Was war ein Einweihungsritual?

Wo gingen wir hin?

Würde ich dafür bestraft werden, dass ich unachtsam war?

Das Ganze erschien mir lächerlich! Wieso sollten wir ein Ritual machen? Aus den Büchern, die ich immer gelesen hatte bevor ich die Wahrheit erfahren hatte, hatte ich oft über Rituale gelesen. Die Hälfte davon war blutrünstig und ein Viertel davon widerlich. Das, was noch blieb, waren die restlichen 25%, wovon die meisten todlangweilig und ohne jeglichen Sinn waren. So wie zum Beispiel die Anti-Monster-Kreide-Pentagramme! Wobei ... in diesem Moment erschien mir diese Art von Ritual nicht mehr ganz so abwegig.

»Wir sind da!«, verkündete John. Vor uns lag eine Lichtung, in deren Mitte ein kleiner Altar stand an dem irgendwas zu kleben schien. Es war grün und tropfte wie Schleim.

»Was ist das?«, entschlüpfte die Frage meinem Mund.

»Deine Eintrittskarte in die Welt der Blitzaugen!«, beantwortete Penelothea knapp.

Ich runzelte die Stirn. Was meinte sie damit?

Penelothea zog mich zum Altar, wo John wartete. Diese Situation war mir irgendwie nicht ganz geheuer.

»Du, Mytrill! Möchtest zu den Blitzaugen gehören und uns helfen, gegen das Böse vorzugehen?«, fragte John und seine Stimme hallte so laut über die gesamte Lichtung, dass ich unwillkürlich zusammenzuckte.

Penelothea stieß mich an und nickte mir zu.

»Wie?«, fragte ich verwirrt. Was sollte ich denn machen? Was wollten sie von mir! Verdammt! Wieso sagte mir denn niemand was?

»Möchtest du denn etwa keine Blitzauge werden!«, brauste John auf.

Ich zuckte wieder zusammen.

»D… D… Doch! Klar! Was für eine Frage!« Anfangs stotterte ich, doch dann kehrte mein Selbstbewusstsein mit einem Schlag zurück und ich baute mich zu meiner vollen Größe auf. Erfreut stellte ich fest, dass ich etwas größer war als John.

»Das wollte ich hören!«, grinste er breit. »Aber, würdest du dich bitte normal hinstellen?«

Überrascht bemerkte ich, dass ich schwankte und zwar, weil ich auf den Zehenspitzen stand. Ach Mist! John und ich waren nur gleichgroß! … Aber ich war ja schließlich noch im Wachstum!

Ich kam wieder mit den Fersen auf den Boden und gewann mein Gleichgewicht zurück.

»Gut! Dann kann das Ritual beginnen!«

Kapitel 3

Es war furchterregend! In dem Moment, als John die Hand zum Himmel hob und ein blau-roter Mytrill-Kelch aufblitzte, der plötzlich auf dem Altar neben dem grünen Zeug stand, da wurde die Nacht pechschwarz.

Ein weißer Kreis um mich herum leuchtete auf und dann stand ich beim Altar. Ganz allein …

»Hallo?«, wisperte ich. Niemand antwortete. Es herrschte eine Totenstimmung. Nur mein eigener Atem und mein rasender Herzschlag durchdrangen die Stille, was keineswegs beruhigend war!

Der Kelch vor mir glühte und ich stellte verwirrt fest, dass das grüne Zeug nun in dem Kelch war.

Dann erklang eine Stimme.

»Möchtest du, die du voll und ganz beseelt bist, schwören, dass dein Blut rein ist und dich dazu verpflichten, die Welt von aller Schand und allem Leid zu befreien? So trinke aus dem Kelch, der der deine ist. Du wirst ihn erkennen, ganz gewiss …«

Kelch? Trinken? Oh, nein! Nicht ehrlich, oder?

Ich sah den Kelch schockiert an und musste total verstört bemerken, dass dort nun tausende von Kelchen standen. Jeder aus einem anderen Material, jeder mit einer anderen Substanz gefüllt. Das Unheimlichste an der ganzen Sache aber war, dass die Kelche alle in der Luft hingen wie die Früchte eines unsichtbaren Baumes. Der Altar war zu einer Treppe geworden, die in den finsteren Himmel zu den Kelchen führte und dabei in einem schaurigen Rot leuchtete.

Meine Nackenhärchen stellten sich auf und ich trat einen

Schritt zurück, doch statt dass sich die Treppe von mir entfernte, kam sie näher. Ich drehte mich um und rannte. Im nächsten Moment stolperte ich und kippte nach hinten um. Ich landete mit dem Hintern auf der ersten Treppenstufe.

Ich biss mir auf die Lippe, um nicht zu schreien und seufzte. Diese Treppe wollte sich nicht einfach so abwimmeln lassen. Es war, als wäre sie ein Fließband, das immer einen Schritt schneller war als ich. Nein! Weglaufen war keine Lösung!

Ich atmete tief ein und kniff die Augen zusammen. »Augen zu und durch!«, flüsterte ich verbissen und tat meinen ersten Schritt. Langsam lief ich die Treppe hinauf, wobei ich meine Augen nicht öffnete.

Da! Plötzlich lag ein weicher Duft in der Luft. Nach Rosen. Nach ihren zarten, leicht rosafarbenen Blütenblättern an einem lauwarmen Sommertag. Als würde extra ein leichter Wind wehen, um mir ihren Duft um die Nase zu wickeln.

Allerdings muss man dazu sagen, dass ich mehr der Lavendel-Typ bin.

Auf jeden Fall schaffte es dieser Duft, dass ich meine Augen öffnete.

Ich war am Ende der Treppe angekommen und vor mir erstreckte sich die unglaublichste Ansammlung von Kelchen, die man sich nur vorstellen kann.

Kelche waren da, die aussahen wie Kröten mit überdimensionalen Mäulern. Andere sahen aus wie Sterne, die sich oben öffneten. Es gab alles! Von verrückt bis zu fantastisch.

Ein Kelch kam mir bekannt vor und ich sah hinein. Darin sah ich Penelotheas Gesicht. Das war also ihr Kelch! Er war geformt wie eine Sanduhr, wobei er wirklich sehr an ihre Figur erinnerte. Ich musste unwillkürlich lächeln und sah mich weiter um.

Also hatte jeder Blitzauge einen persönlichen Kelch … Auch für die, die noch keine Blitzaugen waren, waren hier Kelche.

Irgendwie war das hier also so eine Art riesiges Archiv. Fantastisch!

Ich wanderte durch die Reihen und besah mir alle Kelche. Ich wunderte mich erst gar nicht, dass der Himmel für meine Füße fester Untergrund zu sein schien.

Da war auf einmal der schönste Kelch von allen ... Moment! Es waren drei! Einer silbern, mit blauen Ornamenten und Steinen verziert, die wie Flügel aussahen. Der zweite genauso, nur war er aus Gold und die Ornamente und Steine waren grün.

Der dritte war Meerblau, doch statt grün oder dunkelblau schimmerte er rot. Die Ornamente darauf leuchteten in einem sanften Violett, ebenso wie die Steine. Die drei Kelche musste ich näher unter die Lupe nehmen!

Ich sah in den silbernen und hätte fast vor Schreck aufgeschrien. Da war das blauhaarige Mädchen aus meinem Traum, dessen Gesicht mir traurig entgegen sah. Ich sah in den goldenen Kelch, aber ich erschreckte mich nicht so sehr wie beim Mädchen, als mir der grünhaarige Junge mit wehmütigem Blick entgegensah.

Das war doch nicht normal! Wer waren die beiden?

Vielleicht würde der dritte Kelch das Rätsel lösen, also spähte ich hinein, doch darin war nichts. Nur mein Spiegelbild, das mich verwirrt anblickte. Ich runzelte die Stirn.

Ich zog den einen Mundwinkel hoch. Ich wedelte mit meiner Hand vor der Oberfläche der Flüssigkeit herum.

Nichts!

Mein Spiegelbild war immer noch genau wie vorher. Nichts hatte sich verändert! Absolut rein gar nichts!

Hieß das etwa ... dass das mein Kelch sein sollte?

Pfffffffff! Lass mal jemand die heiße Luft aus meinem Kopf, denn ich glaube, mein Gehirn wird gerade dampfgegart! Es ist ganz roh, aber es fühlt sich schon ziemlich taub an! Ich glaube, gleich schrumpelt es zusammen wie eine Rosine!

Leider, leider war ich ganz allein und mein Gehirn musste schmoren. Langsam ratternd kam ich der Lösung ein Stückchen näher, nur um zu sehen, wie sie wieder um die Ecke rannte. Auf und davon!

Tja … Das Einzige, in dem ich mir nun sicher war, war die Tatsache, dass es tatsächlich mein Kelch war.

Und was sollte ich jetzt machen? Blöde Frage. Wieso war nur immer alles so kompliziert? Das war doch total unlogisch! Aber so war eben das Leben: verrückt!

Ich seufzte und berührte den Kelch vorsichtig. Die Oberfläche war warm und ein durchdringender Geruch nach Lavendel und Butter lag plötzlich in der Luft. Ich wusste nicht wieso, aber ich mochte den Geruch einfach. Er war beruhigend und ich schloss die Augen während ich genüsslich einatmete.

Der Geruch kribbelte in meiner Nase als hätte ich Brausepulver geschnupft. Komischerweise war es angenehm.

Ich öffnete die Augen und hob den Kelch meinem Gesicht entgegen. Die Flüssigkeit darin blieb ruhig, obwohl meine Hände zitterten. Ich setzte den Kelch an die Lippen und neigte ihn. Ich spürte die Flüssigkeit und nippte leicht daran. Wie vom Blitz erschlagen, prallte ich zurück und landete hart auf dem Boden. Mein Gesicht war so heiß, dass ich erst dachte, es würde brennen.

Ich schloss die Augen, als es plötzlich hell wurde und dann tauchte ich in Dunkelheit.

Es war angenehm und ich ließ mich sinken. Immer und immer tiefer in das Gefühl hinein, das ich hatte, als ich die Flüssigkeit schmeckte. Ja, es waren nicht einmal zwei Sekunden gewesen, in denen ich dieses Gefühl hatte, doch es war tiefsinnig gewesen und hatte an meinem Herz gerührt.

Ich hatte mich gefühlt, als könnte ich alles schaffen! Als würde ich die Geschichte schreiben können und nicht als würde das Schicksal mein Leben bestimmen!

Ich war ich! Zum ersten Mal so richtig!

So dämmerte ich vor mich hin, als ich die Stimmen hörte. Stimmen, die mir bekannt und ganz nah zu sein schienen.

Allerdings fühlte ich mich nicht fähig, ihnen zu antworten und während ich verzweifelt versuchte, mich zurückzukämpfen, wurden die Stimmen immer leiser und rückten in die Ferne.

Ich konnte nichts mehr hören. Eine Stille herrschte, als habe die Welt selbst in ihrer stetigen Rotation innegehalten. Alle Zeit war stumm und so wusste ich nicht, ob ich zwei Minuten oder zwei Jahre in dieser schwerelosen Starre hing, als ich mit einem Ruck die Augen öffnete und direkt in Penelotheas besorgtes Gesicht sah.

»Mytrill! Du bist wach!«, rief sie erleichtert und umarmte mich.

»W… Was ist … passiert?«, fragte ich und erstarrte. Ja! Was war eigentlich passiert? Der Kelch und dann … nichts mehr!

»Hm … Ich weiß nicht so recht. Eigentlich hättest du von dem Kelch auf dem Altar trinken müssen, doch du hast ihn nur angesehen und bist umgekippt. Die ganze Zeremonie war eigentlich überflüssig, denn dann hattest du auch schon dein Tattoo! Das heißt, dass du eine Urblitzauge bist! Deine Eltern waren auch welche! Ist doch lustig, oder?« Jetzt strahlte Penelothea.

Ich war verwirrt. Wie gerne hätte ich Penelotheas Verständnis gehabt, denn ich kapierte gerade überhaupt nichts!

»Hä? Tattoo? Aber ich war doch in überhaupt keinem Tattoo-Studio!« Ich runzelte die Stirn.

Penelothea verdrehte die Augen. »Dummerchen! Dein Blitzaugen-Tattoo! Das Ritual wird bei Kleinkindern bis hin zu in die Jahre gekommenen Menschen dazu verwendet, um aus ihnen Blitzaugen zu machen! Dazu müssen sie nur aus dem Kelch trinken und schon bildet sich das entsprechende Tattoo! Eigentlich sind Blitzaugen-Tattoos keine richtigen Tattoos, zumindest in dem Sinne! Na ja, Urblitzaugen müssen den Kelch nur sehen, um zu erwachen. Diese Gabe kann aber nur eine Generation überspringen sonst geht sie verloren!«

Jetzt verstand ich wirklich nur noch Bahnhof! Mist! War das alles verwirrend! Wurde man jetzt also ein Blitzauge, wenn man aus diesem Kelch trank? Wieso war ich dann bei diesen vielen Kelchen gewesen? Was hatte das Ganze auf sich? Ich verstand es nicht! Urblitzauge? Ich verstand es immer noch nicht ...

»Ich kapier es einfach nicht«, gab ich kleinlaut zu.

Penelothea lächelte mich verzeihend an. »Macht nichts! Nur so viel: Du bist jetzt eine richtig waschechte Blitzauge! Schau ruhig mal in den Spiegel!«

Penelothea hielt mir einen kleinen Taschenspiegel direkt vor die Nase und ich blinzelte erschrocken.

Ich nahm den Spiegel und hielt ihn etwas entfernt vor mein Gesicht.

Fast hätte ich ihn fallen gelassen. Unter meinem rechten Auge zog sich ein hellblaues Tattoo, das wie ein Blitz meine Wange hinunter verlief.

»W... Wa... aaaaaaaahhh!«, schrie ich und hielt den Spiegel so weit weg wie möglich, ohne ihn wegzuwerfen.

Penelothea lächelte mich aufmunternd an. »Ich hatte ja anfangs gedacht, dass du vielleicht einfach einen Strich auf der Wange hast, aber dann hat es angefangen zu glühen! Du kannst dir ja gar nicht vorstellen wie erschrocken wir alle waren!«

Ich starrte immer noch total entsetzt in den Spiegel.

Vorsichtig fuhr ich mit dem Finger über das Tattoo. Dass ich je so ein Tattoo haben würde, hätte ich mir nicht einmal im Traum vorstellen können, das heißt: im Albtraum!

Meine Erscheinung widersprach grundsätzlich meiner Person. Ich war eher schüchtern und zurückhaltend während mein Aussehen aufsehenerregend war und geheimnisvoll wirkte. Insgesamt war ich also überhaupt nicht fürs Kämpfen geeignet!

Ich hatte ja nicht gewusst, dass sie mich tätowieren würden! Krass!

Wieso ich? Wieso immer ich? Mensch! Irgendwann mach ich das nicht mehr mit und dann stehen alle anderen da und wissen nicht mehr weiter! Der Tag würde kommen, das wusste ich!

Ich legte den Spiegel auf den Boden und schloss die Augen. Tief ein- und ausatmen.

Welches Tattoo? Vielleicht hatte ich mir das nur eingebildet? Hm, seufz ... Das würde auch nichts bringen ... aber vielleicht könnte ich ja meine Frustration überspielen.

Ich öffnete die Augen und setzte ein übertrieben freundliches Gesicht auf.

»Fein! Und was jetzt?«, fragte ich und versuchte meinen eigenen finsteren Unterton zu überhören.

Penelothea blinzelte verwirrt. Offenbar war ihr mein Launenwechsel nicht ganz geheuer, was ja verständlich war.

»Äh ... Mytrill? Heute beginnt das Training für dich!«, nuschelte sie.

»Training?«, fragte ich.

Kapitel 4

Klar, ich hätte nicht fragen müssen, aber ich wusste in dem Moment einfach nicht, was sie damit gemeint hatte.

Na ja … Jetzt wusste ich es.

»Da du noch überhaupt keine Erfahrungen hast, beginnen wir erst einmal bei Null!«, erklärte John, während er vor mir auf und ab lief.

»Das heißt wir machen, je nachdem wie weit wir heute kommen, heute nur mündliches Training!«

Ich knabberte an meiner Oberlippe. Konnte mir dieser Kerl überhaupt etwas beibringen? Es würde sich zeigen …

»Als erstes einmal zu der Frage: Was macht Monster eigentlich zu Monstern?«

Ich seufzte. Also doch! Dann war dieses eine Buch, das ich damals gelesen hatte, doch tatsächlich ein Blitzaugen-Schulbuch gewesen! Na ja … egal!

»Sie besitzen alle eine zentrale Magie. Durch diese sind sie ja auch anfällig gegen das Metall Mytrill!«, antwortete ich und John hielt abrupt an und blinzelte verwirrt. »Äh, woher … weißt du das?«, fragte er perplex.

Ich zuckte mit den Schultern. »Buch gelesen!«

So ging es weiter. Knapp eine halbe Stunde fragte mich John über die verschiedensten Sachen aus. Ich wusste alles und mehr!

Es fiel mir leicht.

Nach dieser halben Stunde signalisierte mir John mit einer Handbewegung: Auszeit!

»Und du weißt das alles nur, weil du ein paar Bücher gelesen hast?«, fragte er. Ich zuckte wieder mit den Schultern und setzte einen unschuldigen Gesichtsausdruck auf. »Eigentlich war es nur ein Buch und man muss sich ganz schön viel dazu denken, aber es geht und dann ist der Rest ein Kinderspiel!«

Er starrte mich total entsetzt an. »Du hast das meiste geraten?«

Wieder antwortete ich mit einem Schulterzucken.

John seufzte. »Ich denke, ich kann dir im Mündlichen nichts mehr beibringen ...« Er schluckte. »Also kommt jetzt der wesentliche Teil: Der praktische Teil!«

John führte mich hinter das große Zelt, hinter dem ein richtiger Übungsplatz aufgebaut war.

»Als erstes würde ich sagen, du versuchst einmal, dieses Holzschwert zu fangen!« Er warf mir ein Holzschwert zu. Es flog zu hoch, doch ich stellte mich auf die Zehenspitzen und trat einen Schritt zurück und ... das Holzschwert landete mir direkt auf dem Kopf.

John begann zu lachen. »Immerhin hast du es aufgefangen!«, prustete er.

Ich kniff die Augen zusammen und funkelte ihn böse an, doch er sah es nicht, allerdings erstarrte er.

»Was war das?«, fragte er. Ich täuschte eine Unschuldsmiene vor und hob das Schwert auf. »Was denn?«, fragte ich neugierig.

»Es hat sich angefühlt als hätte man mir eins mit dem Mytrill-Schwert übergezogen ... Aber ich bin ja noch heil! Es war bestimmt nur Einbildung!« John schüttelte den Kopf. »Na gut! Machen wir weiter. Für den Anfang war das schon sehr gut! Hier! Versuch mal, das hier zu fangen!«

John warf ein anderes Holzschwert nach mir. Ich hatte aber noch das erste Holzschwert in der Hand! Was jetzt? Hilfe! Es flog wieder direkt auf meinen Kopf zu!

Ich handelte instinktiv und ließ das Bein hochschwingen. Mein restlicher Körper folgte und das Holzschwert flog unter mir dahin. Es landete klappernd auf dem Boden während ich leichtfüßig wieder auf der Erde landete.

»Das Ding hätte mir ein Auge ausstechen können!«, schrie ich John an und machte eine ausladende Bewegung in Richtung Holzschwert. Erst einen Moment später wurde mir klar, dass John mich mit offenem Mund anstarrte.

Hey! Ich hatte gerade einen Salto gemacht! Wie hatte ich das eigentlich gemacht? Seit wann konnte ich so etwas überhaupt? Komisch, dass es mir wie eine der natürlichsten Sachen der Welt erschien.

»Du …, Wie …«, stotterte John. Ich beschloss mich dumm zu stellen. »Es hat mich nur um eine Handbreit verfehlt! Wenn es meine Nase aufgespießt hätte, was hättest du dann gemacht!«, schrie ich und deutete auf meine Nase.

»Du …, Salto … Wie …«, stotterte John immer noch. »Verdammt! Ich hätte verbluten können oder weiß Gott was! Das war lebensgefährlich! Wenn der Wind nicht gedreht hätte, dann wäre ich jetzt stinksauer auf dich, John!«, rief ich und rüttelte ihn damit aus seiner Starre.

»Der Wind hat nicht gedreht! Du hast einen Salto über das Schwert gemacht!«, rief er.

»Du spinnst doch!«, schrie ich zurück. »Ich kann doch keinen Salto machen! Ich weiß doch gar nicht, wie das geht! Bestimmt hast du Halluzinationen!«

»Mann! Ich weiß doch, was ich gesehen habe! Ich weiß nicht wie, aber du hast einen verdammten Salto über das vermaledeite Schwert gemacht und bist danach auf deinen bescheuerten Füßen gelandet, als hättest du das schon tausend Mal gemacht! Verdammt!«, kreischte John. Ui! Den hatte ich vielleicht wütend gemacht!

»Ich weiß ja nicht, welche Drogen du nimmst, aber ich habe keinen Salto gemacht und ich werde auch in absehbarer Zukunft keinen machenn weil ich mir sonst die Nase breche! Und das ist noch eine von den angenehmen Folgen, die das haben könnte«, keifte ich ihn an.

»DU LÜGST! DU HAST EINEN SALTO GEMACHT!!! ICH WEIß ZWAR NICHT, WIESO DU DAS VERHEIMLICHEN WILLST ODER WIE DU DAS FERTIGGEBRACHT HAST, ABER DU HAST ES GETAN! VERDAMMT! MIT DIR STIMMT DOCH IRGENDWAS NICHT!«

»MIT MIR STIMMT WAS NICHT?!?! DU BIST DOCH GEISTESKRANK! WER VON UNS BEIDEN GLAUBT DENN, DASS ICH EINEN SALTO GEMACHT HABE UND JETZT SAG MIR INS GESICHT, WER VON UNS BEIDEN VERRÜCKT IST!«

Ich verengte die Augen zu Schlitzen und im nächsten Moment fiel John ohnmächtig vornüber.

Was war denn jetzt auf einmal los? Hatte ich irgendwas verpasst? Ich sollte auf jeden Fall Hilfe holen.

»Penelothea! Penelothea!«, rief ich und rannte auf ihr Zelt zu. Penelothea kam mir entgegen. »Mytrill? Was machst du denn hier? Wo ist John?«

Hastig erklärte ich ihr, dass John einfach mir nichts, dir nichts umgekippt sei. Ja! So war es ja auch. Eigentlich ...

Penelothea beschloss, dass ich vorerst keinen Unterricht erhalten sollte und, ehrlich gesagt, war ich ganz glücklich über dieses Urteil.

Den restlichen Tag verbrachte ich mit Nachdenken.

Ich durfte mich in den Holzausguck setzten, von wo aus ich bis tief in den Wald spähte.

Lange Zeit saß ich so da, bis ich ein lautes Poltern hörte. Ich stand auf und sah nach vorne, wo zwei Pferde und ihre verletzten Reiter angeprescht kamen. Die Pferde sahen selbst aus dieser Entfernung wundervoll aus. Prächtig goldblond und weißblond.

Die Reiter dagegen waren zerschunden, mit roten Striemen in Gesicht und auf Armen und Beinen.

Der eine Reiter war ein Blitzauge. Zumindest deutete ich die drei roten Kratzer auf seiner Wange mehr als Tattoo denn als Kratzer. Er war wohl etwas älter als Penelothea. Der andere Mann mochte so um die sechzig Jahre alt sein und schien kein Blitzauge zu sein.

»Da kommt jemand!«, brüllte ich nach unten. Sofort kam eine kleine Horde von Blitzaugen aus ihren Zelten gestürmt und blockierte den Eingang.

»Hey! Es sind Verletzte!«, rief jemand. »Und der eine ist sogar ein Blitzauge!«, rief jemand anderes.

»Aber das ist doch ...«, flüsterte Penelothea, als ich neben ihr von dem Ausguck kletterte.

»Wer ist das?«, fragte ich. Penelotheas Augen weiteten sich. »Der sieht ja aus wie Chez!«

»Wer ist Chez?« Penelothea schien mich nicht zu hören. »Das darf ich niemandem sagen ... sonst töten sie ihn vielleicht!«, murmelte sie und presste die Faust vor den Mund.

Ich verstand jetzt gar nichts mehr.

Dann waren die zwei Pferde mit ihren Reitern da. Sofort wurden sie umschwärmt. Die Reiter wurden von den Blitzaugen in ein Krankenlager getragen und mir wurden die Zügel der Pferde in die Hand gedrückt.

»Bringst du die Pferde bitte in das Zelt dahinten?«, fragte mich Penelothea. Ich nickte und führte die Pferde auf das Zelt zu, als mir plötzlich die Stimmen durch den Kopf fuhren.

Hoffentlich werden Chez und Onkelchen wieder richtig gesund!

Bestimmt! Man wird sich hier gut um sie kümmern!

Ach, ich weiß, aber trotzdem!

Dich trifft keine Schuld! Es war ein Hinterhalt, das hatte keiner von uns ahnen können!

Wo kamen denn plötzlich diese Stimmen her?

Ich öffnete die Zeltplane und führte die Pferde hinein.

Hey, das ist ein nettes Mädchen! Weißt du, sie erinnert mich ein bisschen an dich, Lyca!

Lyca? Was! Hier?!? Nicht wahr! Wo denn?

Ich würde mich bei ihr bedanken, wenn ich könnte.

Ich schlug meine Hände gegen meine Schläfen.

»Wer seid ihr? Was wollt ihr? Wo seid ihr? Zeigt euch doch!«, schrie ich mit Tränen in den Augen.

Ich empfand plötzlich eine Art Entsetzen und Erschrecken, doch das waren nicht meine eigenen Gefühle.

»Manno! Ich will doch nur wissen, was hier überhaupt los ist! Wieso sagt mir nie irgendjemand irgendwas!«, schluchzte ich.

K… Kannst du uns etwa hören?

Ich schluckte und nickte dann. Die Pferde begannen unruhig auf der Stelle zu traben. Konnten die Pferde etwa auch die Stimmen hören?

Das waren wirklich wunderschöne Tiere! Sie wirkten schon fast magisch, doch was mich am meisten wunderte, war die Tatsache, dass ihre Reiter schwer verwundet waren, während die Pferde nicht einen Kratzer abbekommen zu haben schienen.

»Ganz ruhig!«, flüsterte ich und streichelte die Pferde an den Flanken und … ich trat erschrocken einen Schritt zurück. Hatte die Gestalt der Pferde nicht eben geflackert? Mir war es so vorgekommen, als wären sie etwas geschrumpft.

Wer bist du?

Ich versuchte, nicht auf die Frage einzugehen und erst einmal meine Gedanken zu klären. Darum stellte ich eine Gegenfrage: »Und wer seid ihr?«

Die Pferde wurden immer unruhiger und mich beschlich ein

Verdacht. »Moment mal! Ihr seid doch nicht etwa die Pferde!«, sprach ich den Gedanken aus. Die Pferde erstarrten.

»Ihr seid die Pferde! Stimmt's?«, rief ich.

Dann seufzte das eine Pferd. Es seufzte? Die beiden Pferde wurden immer kleiner und schließlich wurden sie menschlich und ... Hey! Das waren doch der Junge und das Mädchen aus meinem Traum!

Vielleicht würde sich das Rätsel jetzt endlich lösen! Das hoffte ich zumindest! Antworten! Bitte, ich brauche Antworten! Bettelte ich.

»Ich glaube wir müssen dir einiges erklären, oder?«, fragte der Junge. »So sieht's aus! Wer seid ihr?«, fragte ich.

Das Mädchen lächelte traurig. »Das ist Makel und ich bin Lyca«, sagte sie und mir blieb der Mund offen stehen, ehe ich einen Lachanfall bekam.

»Ihr wollt mich auf den Arm nehmen, hm? Wenn ihr das wirklich wärt, dann müsstet ihr so Ende zwanzig sein, aber ihr seid höchstens sechzehn! Ich bin doch nicht blöd! Schließlich hat mir Penelothea alles erzählt!«, erklärte ich stolz.

»Wer ist Penelothea?«, fragte der vermeintliche Makel.

»Sie ist die Ziehmutter von John! Dem Sohn von Rikky und Natalie!«, sagte ich und pustete mir eine Haarsträhne aus dem Gesicht.

»Kuff kuff und Natalie?!?! Bäh! Schlimmster Albtraum aller Zeiten!«, rief die vermeintliche Lyca und täuschte einen Würganfall vor.

»Zurück zum Thema! Ihr könnt nicht Lyca und Makel sein!«, unterbrach ich sie.

»Denkst du? Tja ... Und damit wären wir wieder bei unserem Problem ...« Der vermeintliche Makel schnaubte verächtlich.

»Nun! Du musst uns nicht glauben, aber es ist dennoch die Wahrheit! Wenn es Chez und Onkelchen wieder besser geht, möchten wir sowieso so schnell wie möglich wieder verschwinden!« Die vermeintliche Lyca seufzte.

»Nein! Ihr bleibt schön hier und wartet! Ich hole Penelothea und die entscheidet dann, ob ihr die echten seid oder nicht!«, rief ich und wollte das Zelt verlassen, als mich der vermeintliche Makel am Arm packte und festhielt.

»Bitte! Du darfst niemandem sagen, dass wir es sind, sonst töten sie Chez und Onkelchen!«, flehte die vermeintliche Lyca.

Ich verdrehte die Augen. »Penelothea weiß eh schon, dass der eine Typ Chez heißt! Sie hat gesagt, sie müsse schweigen, weil sie ihn sonst umbringen! Wenn sie schon beschlossen hat ihn zu schützen, wieso sollte sie ihn dann wieder verurteilen?«, fragte ich.

Der vermeintliche Makel ließ mich los. Beide sahen mich traurig an.

»Dann hol sie halt, aber niemanden sonst ...«, bat mich Makel.

Ich huschte aus dem Zelt. »Penelothea! Penelothea! Komm mal mit! Penelothea!«, rief ich.

»Mytrill? Was hast du denn? Was ist los?«, fragte Penelothea und kam aus ihrem Zelt.

»Du musst mitkommen, bitte!«, bettelte ich. Sie zuckte mit den Schultern. »Weißt du, in letzter Zeit passieren merkwürdige Dinge! Es würde mich nicht wundern, wenn plötzlich auch Makel und Lyca auftauchen würden!« Penelothea lachte humorlos und folgte mir ins Zelt, wo Makel und Lyca nebeneinander im Schneidersitz saßen.

Penelothea klappte die Kinnlade herunter. »Das war doch ironisch gemeint«, murmelte sie.

Also waren es tatsächlich die echten? Aber warum waren sie so jung?

»Du bist doch das Mädchen von damals! Das, dass sich

neben mich gesetzt hat mit diesem stinkenden Fisch!«, stellte Lyca fest und Penelothea nickte mit Tränen in den Augen.

Makel verzog das Gesicht. »Stimmt! Du hast Natalie doch damals versucht daran zu hindern, Lycas Zimmer zu durchsuchen!« Er nickte.

»D… das habt ihr wirklich alles bemerkt?«, fragte Penelothea.

Lyca lachte. »Klar! Wenn ich nicht so viel zu tun gehabt hätte, hätte ich vielleicht geglaubt, dass du versucht hast, meine Freundin zu werden!« Sie lächelte.

Penelothea verzog das Gesicht. »Moment! Du wolltest WIRKLICH meine Freundin werden, oder?«, fragte Lyca perplex.

Penelothea sah zu Boden. Sie nickte und errötete.

»… Es ist vielleicht etwas spät, aber gegen neue Freundschaften habe ich nie etwas einzuwenden!«, fügte Lyca wie nebenbei hinzu.

Penelothea sah verwundert auf. »Das heißt, wenn du nichts gegen Monster hast!«, lächelte Lyca.

»Nein!«, schrie Penelothea. »Ich habe nichts gegen Monster!« Hastig streckte sie die Hand aus und Lyca ergriff sie.

»Eigentlich siehst du noch aus wie damals …«, bemerkte Penelothea. Lyca verzog das Gesicht. »Mist! Immer das Gleiche!«

»Wieso, was ist denn?«, fragte ich und alle zuckten zusammen.

»Oh! Mytrill! Dich habe ich ja ganz vergessen!«, rief Penelothea erschrocken.

»Mytrill!?!?«, riefen Lyca und Makel wie aus einem Mund.

»Äh … ja. Das ist mein Name! Zurück zu meiner Frage …«, begann ich, doch Lyca unterbrach mich.

»Du heißt Mytrill? Wirklich? Wo kommst du her?«

Ich versuchte abzuwinken. »Das ist doch egal! Zurück zu meiner Frage …«

»Mytrill? Mir hast du auch nie erzählt, wo du herkommst!«, erinnerte sich Penelothea.

»Manno! Ich weiß es doch selber nicht! Verdammt! Ich bin eine Waise! So, jetzt ist es raus ...« Ich verschränkte die Arme und blickte zu Boden.

So sah ich nur aus dem Augenwinkel, dass Lyca sich die Hände auf den Mund presste und Makels Augen immer größer wurden.

Mytrill? Wie alt bist du?

»Ich bin neulich vierzehn geworden ...«, grummelte ich zwischen zusammengebissenen Zähnen hervor. Dann hörte ich Lyca aufschreien und sah auf.

Sie hatte Tränen in den Augen.

Das heißt, du bist ... du bist ...

Ich wusste nicht warum, aber ich wollte es gar nicht wissen. »Zurück zu meiner Frage: Was ist denn mit euch?«, fragte ich.

Lyca und Makel sahen sich an, dann seufzten sie und sahen wieder zu Penelothea und mir. »Wir können nicht sterben!«, antworteten sie gleichzeitig. Penelothea runzelte die Stirn und ich sah die beiden nur unverwandt an.

»Nein, es stimmt wirklich! Passt mal auf!« Makel zog eine Mytrill-Klinge aus seinem Gürtel und stach sie sich in den Bauch. Ich schrie erschrocken auf, doch dann sah ich, dass zwar der Stoff in Fetzen hing, doch die Haut dahinter noch heil war, obwohl das Schwert durch seinen gesamten Bauch gestoßen worden war.

»Na'aim ... die Unsterblichen ... Ist das damit gemeint?«, fragte Penelothea. »Sieht so aus ...«, murmelte Lyca und sah mir direkt in die Augen.

Du bist unsere Tochter!

Unvermittelt stolperte ich zurück. Pah, ha, ha! Das war ein Scherz, oder? Das waren doch nicht wirklich meine Eltern! D... das war doch verrückt! Sie sahen ungefähr genauso alt aus wie ich und sollten meine Eltern sein?!?! Mist! Das kam zu unverhofft!

»I... ich ... bin ein ganz normales Mädchen, das manchmal

komische Sachen machen kann, na und? Das ist nicht wahr! Ich bin nicht so weit entfernt von der Grenze der Normalität!«, schrie ich.

»Mytrill? Was ist denn los?«, fragte Penelothea, aber ich bemerkte sie kaum.

»Wieso bloß muss ich so anders sein? Ich mach da nicht mehr mit! Es reicht mir! Ich kann Sachen sehen, die gar nicht da sind, Leute mit einem finsteren Blick in Ohnmacht fallen lassen, aber solche Sachen können jedem doch mal passieren! Oder?« Ich ballte die Hände zu Fäusten und meine Augen verengten sich. Auf einmal gab es dort, wo Lycas und mein Blick sich trafen, eine kleine Explosion.

Nein, nein! Ich war nicht … Ich … wollte es nicht wahr haben! Traurig, wütend, deprimiert und enttäuscht verließ ich aufbrausend das Zelt und rannte zu meinem Schlafplatz, wo ich in Tränen ausbrach.

Ich kletterte in den Kleiderschrank und vergrub mich in der hintersten Ecke. War ich wirklich … die Tochter von Makel und Lyca?

Das war doch eine absurde Vorstellung! Das hieß ja dann, dass ich ein Monster war! Um genau zu sein, eine Na'aim! Das war ja nun wirklich weit hergeholt! Schließlich konnte ich ja auch Mytrill berühren, ohne dass etwas geschah!

Allerdings müsste ich ja auch noch nicht eine richtige Na'aim sein, da ich noch nie einen Na'aim in seiner wahren Gestalt gesehen hatte!

Oder? Ich wusste es nicht so recht. Konnte es vielleicht möglich sein, dass ich damals schon zur Na'aim wurde, als ich noch bei Makel und Lyca war?

Na ja … Möglich wäre es, aber nicht logisch, denn, wie gesagt, machten mir weder die Elemente noch Mytrill irgendein Problem!

Mit den Armen umschlang ich meine Beine und legte die Stirn auf meine Knie.

Mytrill? Es tut mir Leid! Ich wollte dich nicht überrumpeln!

»Geht weg!«, schrie ich mit sich überschlagender Stimme.

Sei uns bitte nicht böse. W... wir wollten dir nicht wehtun!

»Haut doch ab!«, kreischte ich und schlug mit der Faust auf den Boden.

Verdammt. Was tat ich da überhaupt?

»Mytrill? Bist du da drinnen? Sie haben es mir erzählt ... Komm schon, wir stehen das gemeinsam durch!« Das war Penelotheas Stimme.

»Ich will nicht! Ich bin das nicht!«, rief ich und schniefte.

»Bitte! Mytrill! Komm da raus und rede anständig mit mir!«, bat Penelothea. »Ich will nicht mehr! Alles ist kaputt! Mein ganzes Leben ist im Eimer! Es ist alles für mich gestorben!« Heulte ich und rammte mir (man muss dazu sagen: aus Versehen) die Knie gegen den Brustkorb, als ich sie an meinen Körper zog.

»Mytrill! Verdammt noch mal! Komm jetzt sofort da raus!«, brauste Penelothea auf.

»Eher sterbe ich!«, zischte ich zwischen zusammengebissenen Zähnen hervor und meine Hände verkrampften sich.

»So etwas darfst du nicht sagen, junge Dame!«, schrie Penelothea und riss die Schranktür auf. Ich hielt meine Hände vor mein Gesicht, weil mich das Licht blendete.

»Mytrill?«, fragte Penelothea. »Bist du das wirklich?«

»Wen hast du denn sonst erwartet?«, fragte ich verschnupft. Penelothea schüttelte ungläubig den Kopf.

»Schau mal in den Spiegel!«, forderte sie mich auf und hielt mir wieder den kleinen Taschenspiegel hin.

Ich nahm ihn und sah hinein.

Ich sah normal aus. Na ja ... Zu normal, um genau zu sein!

Meine Haare waren rotblond, mein Gesicht sah aus wie das eines verweinten Schulmädchens und meine Augen waren dunkelblau. Meine Haut war etwas dunkler und das Tattoo unter meinem Auge leuchtete feuerrot.

»Na und?«, schniefte ich. Das war bei mir eben manchmal so, dass ich plötzlich ganz anders aussah. Es passierte einfach! Eigentlich war die Veränderung meistens kaum bemerkbar.

Allerdings konnte sie auch ziemlich heftig sein!

Ich erinnerte mich noch vage, dass mich Quennot damals für eine Fremde gehalten hatte. Ich hatte geweint und geweint und irgendwann hatte er mich dann wieder erkannt.

»Wieso siehst du jetzt plötzlich anders aus?«, fragte sie. Ich zog einen Flunsch und die Tränen begannen mir wieder aus den Augen zu fließen. »Das weiß ich doch niiiiiicht!«, weinte ich.

Penelothea klopfte mir beruhigend auf die Schulter. »Ganz ruhig, Mytrill! Du regst dich viel zu sehr darüber auf! Du bist schon ganz durchweicht vor lauter Tränen!«

»Mir doch egaaaaaal!«, heulte ich und vergrub den Kopf in meinen Händen. Penelothea stand auf und gab mir eine Ohrfeige. Ich erstarrte. »So! Jetzt ist es aber genug! Du reißt dich jetzt sofort zusammen!«, forderte sie.

»Hey! Jetzt siehst du ja wieder normal aus!«, stellte sie fest.

Ich starrte in die Ferne. Früher war ich auch immer geschlagen worden ... Also wieso sollte es jetzt anders sein? Was machte das schon für einen Unterschied, wer ich überhaupt war? Ich blieb die gleiche und ich wurde auch immer gleich behandelt! Von allen!

Schwungvoll stand ich auf und rannte nach draußen und dann zum Waldrand. Ich musste hier raus! Ich musste überall raus! Am besten, ich hielt mich bedeckt! Ich überhörte Penelotheas Schreie hinter mir und betrat den Wald.

Mein Herzschlag hämmerte mir in den Ohren und übertönte

jedes andere Geräusch und so bemerkte ich auch John nicht, als er aus dem Nichts vor mir auftauchte und ich ihn mit voller Wucht überrannte.

»Hey! Pass doch auf!«, schrie er, als er sich aufrappelte. Ich machte mich daran, wieder wegzulaufen, doch er packte mein Handgelenk und ließ mich nicht los.

»Weg! Weg! Bleibt alle weg!«, schrie ich und trat um mich.

»Was ist denn passiert? Verdammt! Dass du gleich so ausrasten musst!«, beschwerte er sich und packte auch mein anderes Handgelenk.

»Bleib foooooooort!«, kreischte ich und verdrehte mir den Arm bei dem Versuch mich zu befreien. Tränen schossen mir in die Augen und ich sank auf die Knie.

»Geh doch … bitte …«, flehte ich und starrte zu Boden.

»Ich … möchte nicht mehr … nicht mehr ertragen … Ich will niiihiiicht!« Ich bäumte mich auf.

»Hör doch auf! Mist! Was geht denn mit dir ab!« John verdrehte mir das Handgelenk und ich schrie unter Schmerzen auf.

»Lass mich los!«, fauchte ich und rammte meine Schulter in seine Magengrube.

»Ouffff ….«, keuchte er und ließ mich erschrocken los.

»Ich will … nicht mehr … Nie mehr!!!«, schrie ich und begann wieder zu rennen.

Hinter mir hörte ich Penelothea. »John? Du darfst doch noch nicht draußen herumlaufen! Ähhh … Hast du vielleicht Mytrill gesehen?«, fragte sie.

»Was ist denn mit der passiert … Die war ja … total durchgedreht!« Er hustete und dann war er außerhalb meiner Hörweite und ich rannte weiter, so schnell ich konnte.

Mein Atem ging rasselnd und in meiner Magengrube war ein Gefühl, als hätte ich zwei Wochen nichts gegessen und wäre dann auch noch in den Bauch geboxt worden.

Wieso ich?

Ich keuchte den Himmel über mir an. Mein Mund schaffte es nicht, einen verständlichen Satz zu formen.

Mein Herz schien auszusetzten und ich lehnte mich keuchend gegen einen Baum.

... M... ück ... rill...

Alles war leise. So leise wie noch nie. Erst einmal hatte ich solch eine Stille gespürt. Das war noch gar nicht so lange her. Es war ja auch erst vorgestern gewesen.

Ich hob den Kopf zum Himmel und senkte den Blick wieder, während die feinen Schweißperlen von meinem Gesicht tropften und einen kleinen nassen Fleck auf meinem T-Shirt bildeten.

In diesem Moment schloss sich etwas um meinen Fuß. Eine Art Fessel, die unangenehm stach.

Ich sah genauer hin. War das nicht eine Bärenfalle? Also, ich blutete auf jeden Fall nicht. Die Fessel hatte am Rand einen winzigen Bildschirm, auf dem in flackernden Buchstaben: »Mytrill« stand.

Klar, das war mein Name, na und?

Ich war Mytrill und ich würde auch immer Mytrill sein ... Hörte sich das nicht verdächtig nach einem Rätsel an?

Kurze Sendepause:

Ich war Mytrill! Das war mein Name, aber konnte ich auch im übertragenen Sinne »Mytrill sein«? Dann wäre ich ja ein Metall, was natürlich unmöglich ist. Was also hatte ich mit meiner Denkphase erreicht? Ich hatte herausgefunden, dass mein Name total dämlich war! Ha, ha!

Aber das war nun unwichtig.

Und weiter ging es:

Ich fingerte an der Fessel herum, aber es tat sich nichts. Oh, weh! Wieso war ich nur in diese Falle geraten? Was würde jetzt geschehen? Würde ich warten müssen bis jemand kam und mich befreite oder sollte ich versuchen gewalttätig zu werden? Mir gefiel keine der beiden Lösungen, also hantierte ich noch ein wenig unentschlossen an der Fessel herum.

Da blinkte auf einmal eine Art Menü auf dem Bildschirm auf: »Freilassen«, »erweiterte Identifikation« oder »Informationen« standen da. Ich überlegte kurz. Wäre es möglich, Informationen zu sammeln? Das wäre vielleicht gar nicht so dumm!

Ich tippte mit dem Finger auf »erweiterte Identifikation« und der Bildschirm flimmerte kurz.

»Magieresistentes Wesen mit der Funktion des gleichnamigen Metalls«

Ich blinzelte kurz und dann blinkte wieder das Menü auf. Ich drückte auf »Informationen«.

»Ursprungsart Na'aim (?). Noch nicht voll entwickelt. Unsterblich.«

Ich blinzelte wieder. Also ... war ich doch die Tochter von ... Also ...

Das Menü erschien wieder und ich berührte »Freilassen« mit den Fingerspitzen. Die Falle schnappte auf.

Ich zog meinen Fuß heraus und taumelte zwei Schritte zurück. Dann merkte ich, wie mir eine heiße, nasse Flüssigkeit die Wangen herunter lief. Ich weinte ... schon wieder. Wieso, wieso, wieso?!?!

Also, so hatte ich mir mein Leben nicht vorgestellt! Was sollte ich denn jetzt tun?

Da kamen John und Penelothea auf mich zu gerannt.

»Geh zurück, John!«, forderte Penelothea John immer wieder auf. »Nein! Ich will wissen, was da los ist!«, entgegnete er immer aufs Neue.

»Das geht dich aber nichts an!«, nuschelte Penelothea zwischendurch.

Ich versteckte mich stolpernd hinter einem Baum. Die beiden kamen keuchend zum Stehen.

»Wo ist sie bloß hingelaufen ...«, wisperte Penelothea und stützte ihre Arme auf ihre Oberschenkel.

»Woher soll ich das wissen! Mann, was ist denn mit der passiert, dass sie gleich so ausgeflippt ist!«, hechelte John.

»Oh, Sch... Scheibenkleister!«, schimpfte Penelothea und hieb mit ihren Fäusten auf die Erde ein.

Ich musste mir selbst eingestehen, dass ich es ihr ganz schön schwer machte. Aber was sollte ich denn schon tun? Ihr immer zustimmen und lächeln wie nicht mehr gescheit? Ich war doch kein Haustier, dem man Kunststücke beibringen konnte! Nein, ich wollte auch meinen eigenen Kopf durchsetzten und der war teilweise halt ziemlich störrisch!

Vielleicht sollte ich wenigstens so nett sein und mich zeigen. Ich kam hinter dem Baum hervor.

»He, du!«, rief John. »Hast du hier vielleicht ein anderes Mädchen gesehen?«

Oh ... Hatte er mich etwa nicht erkannt? Hm ... Auch nicht schlimm! Penelothea hatte mich erkannt, aber sie hielt die Klappe. John musste ja auch nicht alles wissen, also zuckte ich mit den Schultern und John seufzte genervt.

»Also, wir haben's echt eilig damit, die Kleine zurück zum Lager zu bringen, also ... Moment mal! Du bist ja auch eine Blitzauge!«

Stimmt ja, mein Tattoo war ja trotzdem da. Ich beschloss, die Schweigsame zu spielen und zuckte wieder nur mit den Schultern.

»John, ich kenne dieses Mädchen. Lassen wir sie in Ruhe, ja? Wenn sie möchte, kann sie jederzeit zu uns kommen. Ich glaube, ihre Eltern würden nicht wollen, dass sie sich in Selbstmitleid ertränkt! Gehen wir?« Penelothea zerrte John weg, ehe er etwas erwidern konnte.

Das war eine Nachricht an mich … Ich konnte zurückkommen … Aber niemand zwang mich …

Ich … fiel in Ohnmacht.

Kapitel 5

Wieso nur waren alle so nett zu mir? Ich war grausam, gemein, selbstsüchtig und egoistisch, obwohl das ja dasselbe war!

Du bist unsere Tochter …

Die Sätze und Erinnerungsfetzten wirbelten durch meinen Kopf und erzeugten einen riesigen Strudel der Erinnerung durch den ich zu fallen schien, während ich in Wirklichkeit ganz still und reglos am Boden lag.

Ich merkte wie mir Tränen in die Augen stiegen, obwohl mein Körper nicht zu mir zu gehören schien.

Der Strudel wirbelte immer heftiger um mich herum und dann, mit einem Schlag, setzte ich mich kerzengerade auf und war wach.

»Ich … habe das alles doch gar nicht verdient«, schluchzte ich und die Tränenmeere in meinen Augen schwappten über und ergossen ihren Inhalt über meine Wange.

»Ich … muss es ihnen vergelten … « Nach meiner Entscheidung nickte ich und stand abrupt auf.

Ich rannte so schnell ich konnte zurück zum Camp und wurde mit einem entsetzten Aufschrei begrüßt, der allerdings nicht an mich gerichtet war.

Vor dem großen Zelt standen Lyca, Makel, Penelothea und die zwei verletzten Männer, umkreist von einer gewaltigen Anzahl Blitzaugen. Allen voran John.

Er schüttelte den Kopf. »Meine Pflegemutter … Als Verräterin hätte ich dich nie erkannt, wenn nicht der Zufall es so gewollt hätte, dass ich deine Verbündeten finde! Und doch bist du kein Monster! Wieso hilfst du ihnen? Noch kannst du dich auf unsere Seite stellen, doch gleich werden wir die Monster und ihre

Anhänger vernichten und dann ist es zu spät! Wähle jetzt! Penelothea-Lissandra!« Er schrie Penelothea an.

»Habt ihr nicht begriffen? Wenn sie bösartig wären, so hätten sie doch schon längst zugeschlagen. Wenn ihr uns tötet … Nicht sie sondern ihr seid hier die Monster!!!« Penelothea stellte sich vor die eingekreiste Gruppe und versperrte mit weit ausgebreiteten Armen den Weg.

Johns Gesicht verfinsterte sich bis es aussah, als hätte er sich ein tiefschwarzes Tuch vor das Gesicht gehängt. »Also wählst du den Tod …«, hauchte er und dann zog er mit einer flinken Bewegung sein Mytrill-Schwert.

»Oh, nein! Nicht so! Ihr seid ihnen zahlenmäßig überlegen und außerdem schlägt man keine netten Lebewesen!«, rief ich aus einem plötzlichen Impuls heraus und die ganze Schar drehte sich in meine Richtung.

»Das Mädchen von vorhin?«, fragte John. »Wer bist du? Auch eine Verräterin?« Er schrie wieder.

Ich stürzte aus meinem Versteck und blieb in einigem Abstand zu John stehen.

Es war nebelig und obwohl die nasse Luft als warm empfunden werden konnte, fühlte es sich an, als würde die leichte Brise meine Glieder zu Eis gefrieren lassen. Ich wollte den Frieden, den ich verspüren wollte, nicht in Vergessenheit geraten lassen.

»Nein, bitte! Ich … war so schrecklich zu ihnen und … ich wollte mich doch entschuldigen …« In diesem Moment wurde mir schmerzlich bewusst, dass John doch größer war als ich, denn selbst aus der Entfernung musste ich den Kopf ein kleines Bisschen nach oben neigen und er den Kopf nach unten, um uns direkt in die Augen zu blicken.

Sein Blick war herablassend, als er sein Schwert in die Scheide steckte und mich musterte.

Ich versuchte möglichst flehend zu blicken, wie ein unschuldiges kleines Mädchen, welches ihr Herz gerade so aus dem einen Schlamassel gezogen hatte und nun doch wieder im nächsten gelandet war.

»Sag mir erst, wer du bist, Mädel!«, forderte mich John auf und gab einem seiner Leute ein Zeichen. Mehrere Pfeile wurden in den Bögen gespannt und auf mich gerichtet.

»Ich bin ...« Ich stockte. Irgendwas war komisch. Ich verspürte mit einem Mal so ein Stechen in der Brust.

»Es tut mir so leid, Sir, Doktor, Professor, Oberkommandant, Lord, Blitzaugenmeister! Es ist mir rausgerutscht!« Ich drehte mich um und sah einen Blitzaugen, der verzweifelt mit seinem Bogen rang. Also, verzweifelt war noch untertrieben. Er glaubte wohl nicht an Johns Gnade, denn dann hätte er nicht versucht, mit all den Titulierungen John zu schmeicheln.

Allerdings erinnerte ich mich, dass solch eine Verzweiflung meist von mehr herrührt als davon, dass man sich in seinem Bogen verheddert hat und einer Eingebung folgend sah ich herunter auf meine Brust, aus der eine Pfeilspitze ragte.

Da war kein Blut und ich spürte auch keinen tödlichen Schmerz, doch ich spürte, wie Tränen in mir aufstiegen.

Es wurde alles so verwirrend ... Ich wusste nicht wieso, aber mein Blick wurde rot. Alles nahm rote Farbe an. Dann wurde der Schmerz in meiner Brust um das Fünffache so schlimm. Ich sank zitternd zu Boden.

»NEIN!!!! NICHT SIE!!! WARUM SIE?!?! IHR WERDET DEN TAG VERFLUCHEN, AN DEM IHR MIT DER MONSTERJAGD BEGONNEN HABT, DOCH BIS DAHIN WERDET IHR MEINE FURCHTBARE RACHE SCHMECKEN!!!« Das war Lyca. Ihr Schreien war beängstigend und ich war froh, dass es nicht gegen mich gerichtet war.

»IHR VERDAMMTEN DRECKSKERLE WERDET

DAFÜR BÜẞEN, SIE AUS DEM LEBEN GERISSEN ZU HABEN!!!« Sie schien wirklich, wirklich wütend zu sein.

»Wer ist sie, verdammt?!?!«, stammelte John entsetzt. Ich rollte mich zusammen und vergrub die Pfeilspitze in meinen bebenden Händen, während der Schaft aus meinem Rücken ragte.

Ein Ruck ging durch meinen Körper. Es war als zöge jemand den Schaft aus meinem Rücken, doch die Spitze verharrte wo sie war und ich kringelte mich zusammen wie ein kleiner Igel.

Ich schloss die Augen, weil es so weh tat sie offen zu halten.

Mytrill? Bist du endlich hier?

Es war eine Stimme, aber ich wusste nicht wie ich sie wahrnahm.

»Wo bin ich? Was ist los?«, fragte ich und sah mich um. Das heißt, ich versuchte es, aber ich konnte die Augen nicht öffnen und mich nicht bewegen. Ich geriet in Panik.

Habe keine Angst! Dies ist der Ort in dir, der «dein Unterbewusstsein« genannt wird. Ich bin, man könnte fast sagen: »dein Gewissen«.

»... Okay ... ?« Ich war verwirrt.

Es ist schwer, dies alles in weniger als fünf Minuten zu verstehen, ich weiß, aber wir haben nicht mehr Zeit!

»Alles klar!«, beschloss ich und verpflichtete mich dazu, jetzt gut aufzupassen.

Halte die Pfeilspitze fest und lasse sie nie los! Zeige sie niemandem. Selbst deinen Eltern und Penelothea nicht! Wenn du alleine bist, dann schließe die Augen und begib dich wieder her, indem du mich in Gedanken rufst: »Gewaltiges Erz, aus Blut erstanden,
ist es dein Wille, werde ich neu geboren,
um die Welt aus ihrer Grausamkeit zu reißen,
öffne du mir deine Tore.«

Irgendetwas sagte mir, dass ich diesen Reim nicht so schnell vergessen würde.

Als ich die Augen öffnete, erinnerte ich mich nicht mehr daran. Was war geschehen? Da waren Worte, die in meinem Kopf herum schwirrten, doch ich wusste nicht sie zu ordnen und meine Hände umklammerten krampfhaft ein ziemlich spitzes Ding. Sie widersetzten sich meinen Befehlen, das scharfe Ding loszulassen und umklammerten es nur noch fester.

Ich seufzte und rappelte mich ohne meine Hände zu benutzen auf.

»Mytrill! Du lebst!«, rief Penelothea glücklich. »Wir alle hatten dich schon aufgegeben, weil wir die Pfeilspitze nicht aus deinem Klammergriff bekommen haben, aber jetzt lass mal los, damit ich es rausziehen kann.« Sie berührte meine Hände, aber die machten keine Anstalten sich irgendwie zu rühren.

»Ist irgendwas?«, fragte Penelothea. Ich schüttelte den Kopf.

»Kannst du mich dann bitte die Pfeilspitze ...«, begann Penelothea.

Ich sprang entsetzt von meinem Lager auf und landete vor dem Zelteingang. Oh, ja! Es war merkwürdig und komischerweise hörte ich mich selbst fauchen. »Mytrill! Aber was soll das Ganze?« Penelothea stiegen Tränen in die Augen und ich wollte zu ihr gehen, sie trösten, doch meine Beine bewegten sich in eine andere Richtung und zwar nach draußen, wo Lyca es gerade mit allen Blitzaugen gleichzeitig aufnahm während Makel einfach nur John ablenkte.

Dann sahen sie mich. Alle.

Wo sollte ich hin? Der Wald! Ich stürzte auf die Menge zu und diese wich entgegen meiner Vorstellung nicht zurück, aber ich hatte eh nie vorgehabt, zwischen den Blitzaugen hindurch zu stürmen. Zumindest mein Körper nicht, denn der sprang einfach über die Horde hinweg.

Dann raste ich in den Wald und ehe ich mich versah, befand

ich mich in den Baumwipfeln, wo ich nach kurzem Suchen das fand, was mein Körper suchte.

Einen Ast, der groß genug war, um sich darauf zu legen.

Ich legte mich.

Worte schossen mir durch den Kopf, diesmal geordnet.

Gewaltiges Erz, aus Blut erstanden,
ist es dein Wille, werde ich neu geboren,
um die Welt aus ihrer Grausamkeit zu reißen,
öffne du mir deine Tore.

Ich schloss die Augen, aber davor hörte ich Lyca und Makel.

Mytrill? Bist du das?

Mytrill? Mytrill? Was willst du uns damit sagen?

Dann war es dunkel und nur die Stimme war da.

Du bist gekommen und dafür bin ich dir dankbar, Mytrill!

Also, du wirst gleich die Spitze aus deiner Brust ziehen, aber sei gewarnt! Das ist der Grund, weshalb keine Waffe mit deinem Blut in Berührung kommen darf! Du wirst gleich merken, was ich meine und sei nicht schockiert. Wenn du danach die Augen wieder schließt, komme ich schon!

Meine Augen öffneten sich und meine Hände umfassten die Spitze fester und ruckartig rissen sie die Spitze hoch. Ich schrie. Die Spitze war noch immer in mir und doch war ihr Ende knapp einen Meter von mir entfernt. In meiner Brust steckte ein Schwert, allerdings falsch herum …

Die Klinge war ganz vorne wie eine Pfeilspitze mit einem Wiederhaken, doch dahinter flachte die Klinge zu einem fein mit Ornamenten verzierten Breitschwert ab. Die Klinge war blutrot und schimmerte blau. Die Ornamente, welche filigranen Federn glichen, strahlten in dem hellsten mir bekannten Violett.

Meine Finger fassten wieder das unterste Ende des Schwertes und ruckten den Griff aus meinem Körper.

Der Griff war ebenso rot, blau schimmernd, doch die Ornamente waren nun eindeutig die von mit Diamanten eingefassten Flügel, die so hellviolett waren, dass sie wie Silber glänzten.

Von der Wunde in meiner Brust keine Spur.

Meine zitternden Hände umfassten den Schwertgriff.

Ich atmete zweimal tief durch. Der Schmerz war weg. Ich schloss die Augen.

Dieser Pfeil wurde durch dein Blut veredelt. Es ist eine Art Gabe von dir, Sachen zu veredeln, denn du BIST Mytrill. Dein Blut besitzt dieselbe Eigenschaft wie das Erz. Man kann dich nicht töten, obwohl du noch nicht so erwacht bist wie deine Eltern, aber du besitzt diese Gabe, also lasse dich nicht fangen! Wenn jemand von der Gabe erfährt, dann bist du dazu verdammt, bis in alle Ewigkeit dein Blut über ihre liebsten Mordinstrumente zu vergießen.

Dieses Schwert. Nur du kannst es richtig führen. Wenn jemand hinter dein Geheimnis kommt, egal wer, musst du vor jenem die Flucht ergreifen.

Es tut mir leid, Mytrill, aber vorerst kann ich dir nicht mehr sagen, ohne dass sich ein Paradoxon ergibt!

»Hä?« Mein Kopf kribbelte vor lauter Informationen. »Was ist denn ein Paradoxon?«

Meine Augen öffneten sich flatternd. Diesmal erinnerte ich mich.

Ich umfasste den Schwertgriff fester und kletterte vorsichtig vom Baum. Es war mir ein Rätsel, wie ich so schnell hier herauf gekommen war. Über mir, in den Baumkronen, raschelte es, als ein kleiner Vogel zwitschernd in den Himmel flog.

Das Schwert in meiner Hand war seltsam leicht, doch mit nur einer Hand war das Klettern trotzdem sehr beschwerlich.

Gerade als ich das gedacht hatte, spürte ich Boden unter den Füßen. War ich nicht eben noch auf der Mitte meines Weges gewesen?

Ich konnte es mir nicht erklären.

Mit dem leichten Schwert in der Hand lief ich zum Blitzaugen-Flüchtlingscamp. Ich hatte keine Eile und alle Zeit der Welt.

Angst kochte in mir und ich sah mich immer wieder hektisch um, während ich das Schwert an meine Brust presste.

Als ich das Camp erreichte, versteckte ich mich erst in einiger Entfernung und sah mit Entsetzen zu, wie Makel und Lyca ihre ausgebreiteten Schwingen schützend vor ihre Freunde hielten und jeden Angriff abwehrten. Moment! Schwingen? Meine Eltern hatten Flügel!!!

Sie ermüdeten nicht und wurden auch nicht verletzt, doch sie sahen wie ängstliche Adler aus. Ihrer Freiheit beraubt in einem winzigen Käfig.

Penelothea zitterte.

»Lasst uns doch abhauen!«, rief Chez und der ältere Mann nickte ängstlich zustimmend.

Lyca schüttelte den Kopf.

»Nicht ohne Mytrill!«, erklärte sie. Meine Augen weiteten sich.

Nur für mich ertrugen sie solche Qualen?

Meine ... Eltern!

Ich merkte, wie Tränen in mir aufstiegen. Ich umfasste den Schwertgriff fester, aber ich konnte mich nicht rühren.

Ich hatte Familie. Eine richtig echte Familie, die mich zwar nicht wirklich kannte, doch trotzdem ihre Liebe an mich verschwendete.

Hatte ich so etwas überhaupt verdient, nachdem ich mich so scheußlich verhalten hatte?

»Lyca ... Nein ... Mama, danke.« Ich flüsterte nur und doch wandte mir meine Mutter den Kopf zu.

Mytrill! Komm mit uns! Bitte! Ich könnte dich nicht noch einmal aufgeben! Vor allem jetzt nicht, wo sie wissen, wer du bist!

Wir sahen uns tief in die Augen und ich nickte.

Nein, euch wieder verlieren, das könnte ich auch nicht!

Lyca packte Penelothea und schlug mit den Schwingen. Im nächsten Moment war sie bei mir und hob auch mich in die Lüfte, während mein Vater Chez und den älteren Mann hochhob.

»Hey!!! Ihr Monster! Ihr Verräter! Wir kriegen euch noch!!!«, schrie uns John hinterher.

Ich umklammerte das Schwert so fest ich konnte, wobei mich Lycas Arm sanft und doch fest umschlang, so dass ich nicht nach unten fiel.

»Haaaa... Habe ich euch schon gesasasasagt, dass ich Höhöhöhenangst habe?«

Penelothea zitterte, doch Lyca hielt sie problemlos fest.

»Das hatte ich früher auch ...«, gestand Chez neben ihr.

Kapitel 6

Meine Eltern trugen uns eine weite Strecke, dann schwebten sie Richtung Boden.

»Vorsichtig, passt auf, dass ihr nicht stolpert!«, warnte uns Chez. Wir hatten kaum festen Boden unter den Füßen, da stolperte Penelothea und fiel vorneüber aufs Gesicht.

Sie richtete sich ein wenig auf und wischte den Dreck aus ihrem Gesicht.

»Danke ... für die Warnung«, bedankte sie sich und wurde rot.

»Geholfen hat es trotzdem nicht ... Keine Angst, das ist mir anfangs auch passiert!« Chez lächelte freundlich und half ihr auf.

Onkelchen (es behagte mir nicht, ihn so zu nennen, doch ich kannte seinen richtigen Namen ja nicht) ließ sich auf den Hintern plumpsen.

»Das ist immer wieder eine Tortur ...«, seufzte er und rieb sich mit einer Hand den Nacken.

»Also: Erst einmal, damit das klar ist: Wer ist diese Mytrill und warum war es so wichtig, sie mitzunehmen?«

Chez baute sich drohend vor mir auf.

»Chez! Sie gehört zu uns! Wir können dir jetzt nicht sagen warum, aber glaub uns einfach! Sie ist auf unserer Seite.« Makel legte Chez seine Hand auf die Schulter.

Ich beobachtete mit großen Augen, wie die Flügel meiner Eltern sich immer mehr zusammenzogen, bis sie nicht mehr zu sehen waren.

»Ich würde sagen, wir stellen uns alle erst einmal der Reihe nach vor! Ich fange an: Ich bin Chez' Onkel Oskar, aber nennt mich einfach Onkelchen! Das tun alle!«

Oskar (ich meine Onkelchen) reichte erst Penelothea und dann mir die Hand.

»Und ich bin dieser eben erwähnte Chez!«, erklärte Chez und gab Penelothea die Hand.

Mich übersah er absichtlich.

»Ich bin Penelothea, ehemalige Schulkollegin, jetzt Freundin von Lyca!« Penelothea lächelte freundlich.

»Ich bin Mytrill«, sagte ich schlicht.

»Aber du musst dir nichts darauf einbilden, nur weil du wie das kostbare Erz heißt!«, fauchte mich Chez an.

»Was habe ich dir denn getan!?!?«, rief ich empört.

»Chez! Du musst ihr nicht misstrauen! Sie ist nicht böse!« Lyca legte nun mir eine Hand auf die Schulter.

»Aber auf jeden Fall hat sie eine ziemlich gefährliche und böse aussehende Waffe bei sich!«, wandte Chez ein. Alle Blicke hefteten sich auf das Schwert.

»Hey! Das ist ja aus reinem Mytrill! Ich habe noch nie von solch einer Waffe gehört.« Onkelchen runzelte die Stirn.

»Wo hast du denn dieses Schwert her?«, fragte Penelothea verblüfft.

»Jemand … hat es mir geschenkt …«, hauchte ich. Das war zumindest nicht gelogen.

Jemand hatte es mir geschenkt, indem er mir einen Pfeil durch die Brust gebohrt hatte.

»Geschenkt? Solch eine Waffe? Das ist doch glatt gelogen!!! Entweder hast du dafür gemordet oder es gestohlen! So etwas verschenkt niemand freiwillig!« Chez beugte sich drohend zu mir vor.

»Chez!«, rief Onkelchen empört.

»Aber wenn es doch so ist!« Chez deutete mit dem Finger auf mich und ich wich unwillkürlich zurück.

»Du bist ein Vollidiot!«, erklärte ich mit zusammengepressten Lippen.

Alle starrten mich an. Chez war richtig schockiert.

»Das Weibsbild hat mich Vollidiot genannt!«, schrie er entrüstet.

»Aber wenn es doch so ist!«, wiederholte ich in demselben Tonfall wie er zuvor.

»Und meine Sprüche klaut sie auch! Ich wusste doch, dass sie eine Diebin ist!« Chez' wütendes Gesicht kam dem meinem bedrohlich nahe.

»Chez! Verdammt! Lass Mytrill in Ruhe! Es geht dich nichts an!« Lyca stellte sich schützend vor mich.

»Alles klar! Aber wenn es schief geht, ist es eure Schuld!« Chez wendete mir und Lyca den Rücken zu.

Mytrill, ich frage erst gar nicht, wo du das Schwert her hast, aber ich bitte dich, es in einen Stoffstreifen einzuwickeln oder so. Es ist nicht gut, wenn du das Ding einfach so mitschleppst.

Lyca sah mir in die Augen und ich nickte. Ich zog meine Strickjacke aus und wickelte das Schwert darin ein.

Es war mir nicht kalt, also brauchte ich die Jacke momentan nicht.

»Wir sollten einen Unterschlupf für die Nacht suchen!«, verkündete Makel.

So wanderten wir und sahen uns um, in der Hoffnung, eine Höhle oder einen großen Baum mit dichtem Blätterdach zu finden.

Wir fanden ersteres.

In der Höhle war es eisig und ich wollte schon meine Strickjacke wieder von dem Schwert lösen, doch Lyca legte ihre Hand auf die Jacke und hinderte mich so daran, sie von dem Schwert zu wickeln.

»Keine Sorge. Gleich wird es warm!«, versprach sie und sie hatte Recht. Zwar wurde es im nächsten Moment stockdunkel, doch es wurde auch angenehm warm, als würden wir vor einem Luftschacht stehen, der warme Luft ausspie. Nur halt, dass die Luft still war.

Da! In der Dunkelheit glühte ein kleines Licht.

Das Licht kam zwischen den Maschen meiner Strickjacke hervor.

Ich sah wieder auf. Lycas Augen leuchteten wie zwei kleine Vollmonde in der Finsternis.

Leg dich hin, Mytrill. Ich weiß nicht, was das für ein Schwert ist, doch diesbezüglich finden wir jetzt bestimmt keine Lösung, also gute Nacht.

Die Monde blinkten schwarz und waren schließlich nicht mehr zu sehen. Meine Mutter hatte die Augen geschlossen.

Ich beschloss, ihrem Rat zu folgen. Schlafen wäre jetzt bestimmt keine schlechte Idee.

Ich blinzelte den Schlaf in meine Augen und schloss sie klimpernd.

Gute Nacht, dachte ich in die warme Dunkelheit und ein zweistimmiges: **Schlaf schön, Mytrill**, war die Antwort.

Ich konnte mich nicht daran erinnern, je so gut geschlafen zu haben wie in dieser Nacht.

Geborgen, sicher und mit dem behaglichen Gefühl nach Familie und Liebe fühlte ich mich befreit von allen Sorgen, die mir noch vor wenigen Stunden Kopfschmerzen verursacht hatten.

Meine Träume waren wie junge Vögel. Flugunfähig, doch auf dem besten Weg vor Freude abzuheben und ihr Glück laut in die Welt hinaus zu trällern.

Noch musste etwas erledigt werden, bevor es so weit kam, doch was es war, wusste ich in diesem Moment nicht.

Ich hörte das Atmen der anderen als ich erwachte. Es war noch stockfinster, doch ich war mir sicher, dass es schon hell sein müsste.

»Guten Morgen«, flüsterte Lyca. Ein schmaler Streifen Licht fiel direkt vor meinen Füßen auf den Boden.

»Die anderen sind noch nicht wach, aber wenn du willst, kannst du schon einmal rausgehen.« Der Lichtstrahl wurde etwas breiter und ich erkannte einen kleinen Durchgang.

Vorsichtig stand ich auf und lief auf das Licht zu. Ich blinzelte, als ich durch die Öffnung trat. Vor mir war alles hell.

Ich sah zurück. Das waren Flügel, die eine Art lichtundurchlässige Kugel um uns gebildet hatten.

Flügel ... Oh ja, stimmt ja! Meine Eltern besaßen ja schließlich welche. Das war ein wenig ungewohnt ...

Die Öffnung schloss sich wieder und ich drehte mich wieder nach vorne um.

Am Abend hatte ich nicht auf die Umgebung geachtet. Doch es war eine wunderschöne Lichtung. Überall auf dem Boden wuchs Löwenzahn und die Bäume waren mit Moos bedeckt. Die Bäume waren alt und knorrig.

Um den Eingang der Höhle herum wuchs Efeu.

Der Himmel hatte ein wunderschönes Hellblau angenommen, über das Wolken wanderten, die aussahen, als wären sie aus Watte.

Ich atmete tief ein und merkte erst dann, dass ich schon wieder das Schwert in der Hand hielt.

Meine Jacke war immer noch darum gewickelt.

Ich setzte mich im Schneidersitz auf den Boden und legte das Schwert direkt vor mich.

Es schien zu vibrieren.

Vorsichtig löste ich meine Jacke und legte sie neben das Schwert.

Es leuchtete wie ein rot-violetter Regenbogen am lapislazuligefärbten Himmel.

Ich legte meine Hände darauf. Es wurde ruhiger.

Ich taufte das Schwert still auf den Namen Mybanna. Ich hob

es auf meinen Schoß und fuhr die filigranen Linien nach. Überrascht stellte ich fest, dass sie sich bei meiner Berührung leicht veränderten und plötzlich stand auf dem Griff der Name.

»Mybanna« und darunter »M.«. Um das M. war ein geschnörkeltes Flügelmuster zu erkennen und ich berührte vorsichtig die Schneide, die mit federartigen Ornamenten bedeckt war. Die Federn schienen im sanften Wind ganz langsam von rechts nach links und zurück zu schweben.

Ich hörte ein Rascheln und bedeckte das Schwert hastig mit meiner Strickjacke, bevor ich aufsah.

Die Flügel waren verschwunden und die gesamte Gruppe stand nun im Eingang der Höhle.

»Schon wach? Fein!« Chez war wohl immer noch schlecht gelaunt.

»Morgen«, begrüßte ich Penelothea und Onkelchen ebenso wie meine Eltern.

»Guten Morgen, Mytrill! Wie geht es dir heute?« Penelothea kam auf mich zu und kniete sich vor mich hin.

»Ganz gut, Penelothea. Ich bin nur immer noch etwas verwirrt … denke ich.« Ich lächelte entschuldigend.

»Ach was, das ist schon in Ordnung! Ich muss mich schließlich auch erst einmal an den Gedanken gewöhnen!« Penelothea winkte ab.

»Wir sollten uns etwas Essbares suchen!«, schlug Onkelchen vor und sein Magen grummelte ihm zustimmend Beifall.

Chez schloss die Augen und seufzte genervt. »Ich mach das!«, erklärte er und stiefelte allein in den Wald. Makel wollte ihm erst hinterher, überlegte es sich dann aber doch anders.

»Ach … Ich weiß gar nicht, weshalb er so misstrauisch ist … « Onkelchen schüttelte den Kopf.

Dann lächelte er mich an. »Aber keine Sorge, Mädel. Das muss dir nichts ausmachen.«

Ich lächelte traurig zurück.

»Ich denke, er ist nur etwas verwirrt«, erklärte Makel.

»Hoffentlich, denn ich mag es gar nicht, mit welchem hasserfüllten Blick er Mytrill anschaut ...« Penelothea schüttelte den Kopf.

»Könnt ihr bitte das Thema wechseln?«, fragte ich flehend. Alle Köpfe drehten sich zu mir und Onkelchen lächelte freundlich.

»Also, Mädel, wo kommst du überhaupt her? Penelotheas Geschichte kennen wir jetzt schon, aber was ist mit dir? Wo sind denn deine Eltern?« Onkelchen meinte es nur gut, aber ich senkte den Blick.

»Das kann ich Ihnen nicht sagen, aber ich kann Ihnen sagen, dass ich noch vor kurzem bis zum Hals in Schwierigkeiten gesteckt habe ...« Ich sah ihm direkt ins Gesicht.

Onkelchen schüttelte lächelnd den Kopf. »Du bist schon ein merkwürdiges Mädel, aber du scheinst nett zu sein und irgendwie kommst du mir bekannt vor.«

Wir saßen in einem fünfeckigen Kreis und warteten auf Chez' Rückkehr. Er kam sehr bald mit einem Arm voller Beeren zurück.

Ich winkte dankend ab. »Ich habe keinen Hunger«, erklärte ich. Chez sah mich wieder wutentbrannt an.

Alsbald waren die Beeren verputzt und wir beschlossen weiterzuziehen und die ursprüngliche Mission der Truppe wieder aufzunehmen.

So durchstreiften wir den Wald, während uns goldenes Sonnenlicht durch das Blätterdach auf die Köpfe schien.

Wir hielten alle Ausschau nach Monstern, wobei Makel und Lyca das auf ihre eigene Art lösten.

Sie wurden zu zwei Vögeln, die am Himmel Ausschau hielten.

Oh, ja ... Wie meine Eltern zu sein ... das wäre schon schön ...

Ich hob meine Hände über die Augen, als ich ihnen nachblickte, weil mich das Sonnenlicht blendete.

Nach einiger Zeit des Suchens hörte ich ein Geräusch. Ich blieb abrupt stehen, denn das Geräusch wurde von dem Schwert in meinem linken Arm verursacht.

Ich wickelte es ein wenig aus. Erst jetzt blieben auch die anderen stehen.

»Was machst du da!?!?«, schrie Chez wütend.

»Sei leise!«, forderte ich ihn auf und hielt dann mein Ohr an die Klinge.

»Mytrill! Was zum ...« Penelothea kam auf mich zugehastet.

»Scht! Hör auf, hier so rumzubrüllen«, machte ich und sie blieb stehen.

Jetzt konnte ich das leise Flüstern von Mybanna verstehen.

»*Gen Norden lauert eine Kreatur.*
Wütend auf die Störung.
Gebt acht, wenn ihr euch nähert,
das Wesen heißt Mördung.

Den Namen hat's
von seiner Gefährtin,
die er einst
nannte Märtyrerin.

Sie sind
aus dem Volke der Dämonen,
darum werden
normale Worte sich nicht lohnen.«

»In der Nähe ist ein Dämon!«, erklärte ich, als ich mein Ohr wieder von der Klinge hob. Alle starrten mich entgeistert an.

Da landeten plötzlich Makel und Lyca. »Passt auf. Etwas in nördlicher Richtung ist ein Monster. Wahrscheinlich ein Dämon.« Lyca deutete nach Norden.

Die Blicke der restlichen Gruppenmitglieder wanderten von Lyca zu mir und wieder zu Lyca.

»Aber ... Wie ... Wie ...«, Chez stotterte verwirrt.

Ich wickelte Mybanna wieder in meine Jacke. »Lasst uns gehen!«, schlug ich vor.

Lyca und Makel führten uns genau vor den Busch, hinter dem der Dämon lauerte.

Einer plötzlichen Eingebung folgend erhob ich die Stimme. »Hallo, Mördung! Komm raus. Wir wissen, dass du da bist!«

Jetzt sahen selbst meine Eltern mich verwundert an.

Als der Dämon verwirrt aus seinem Versteck taumelte, wirkten sie erst Recht benommen.

»Wer seid ihr? Und woher kennt ihr meinen Namen?«, fragte Mördung.

»Mördung, wir sind nicht gekommen, um dir deine Fragen zu beantworten, sondern um dich und deine Gefährtin zu warnen. Ihr solltet euch Verstecke suchen, bessere Verstecke. Die Blitzaugen sollen die Existenz aller Monster vergessen. Sie sollen die Jagd aufgeben und die Monster können dann ungestört leben!«, sagte ich.

»Woher wisst ihr von Märtyrerin? Und ihr seid doch selbst Blitzaugen! Wieso sollte ich euch trauen?« Mördung baute sich drohend vor uns auf. Meine Eltern wollten schon eingreifen, das sah ich ihren Gesichtern an, doch ich erhob wieder die Stimme.

»Wenn wir euch schaden wollten, so hätten wir es bereits getan, denn wer ihr seid und wo ihr ward, wussten wir doch schon längst. Warum sollten wir euch hereinlegen wollen, wo es uns doch viel einfacher fiele, euch direkt zu vernichten?«

Mördung gab seine Haltung auf.

»Woher wisst ihr so viel über Märtyrerin und mich?«, fragte er. Ich schüttelte den Kopf.

»Vielleicht findet ihr es selbst heraus, doch bis dahin sind wir nicht mehr hier.« Ich drehte ihm den Rücken zu. Ein riskantes Manöver, doch wie ich es mir gedacht hatte, stand Mördung wie erstarrt da und rührte sich nicht, während ich wegging und nach einigen Sekunden der Verwirrung folgte mir auch der Rest unserer Gruppe.

Sobald Mördung in einiger Entfernung zu uns nicht mehr zu sehen war, wurde ich mit Fragen bombardiert.

»Was war denn das?«

»Woher hast du das alles gewusst?«

»Raus mit der Sprache: Wer bist du wirklich?«

Ich drehte mich um und sah vor mir wieder Chez' wütenden Blick. »Du bist meinen Fragen nun schon zu lange ausgewichen! Jetzt stellst du eine echte Gefahr dar! Wer bist du!?!?«

»Wenn du deine Zunge nicht zügelst, wirst du es früh genug erfahren«, erklärte ich und unterdrückte den Drang ihn böse anzufunkeln.

Als ich mich wieder umdrehen wollte, packte er mich an den Schultern.

»Raus mit der Antwort!«, rief er. Ich kniff die Augen zusammen und Chez kippte nach hinten um.

Ich sah auf. Onkelchen starrte mich entgeistert an. Meine Eltern und Penelothea ließen ihre Blicke auf Chez ruhen.

»Chez darf es nie erfahren ... Er würde es nicht verstehen ...«, flüsterte Lyca.

»Was verstehen?«, fragte Onkelchen verzweifelt.

Makel sah ihm traurig in die Augen. »Es sind nun schon vierzehn Jahre vergangen«, erklärte er.

Onkelchen nickte. »Vierzehn Jahre, dass ihr euch ein ganzes Jahr habt nicht blicken lassen. Nie habt ihr eine Erklärung dafür gehabt!« Onkelchen schüttelte den Kopf. »Und ich verstehe bis heute nicht den Grund …«

»Der Grund war ich«, sagte ich. Onkelchen sah mir direkt ins Gesicht und runzelte die Stirn. »Wie meinst du das?«, fragte er.

»Mytrill ist unsere Tochter«, sagte Lyca und legte einen Arm um Makel und den anderen um mich.

Onkelchen klappte die Kinnlade herunter.

»Verdammt noch mal, ja! Jetzt erkenne ich es! Das ist ja ungeheuerlich!« Onkelchen sah immer wieder von Lyca zu mir.

Chez stöhnte und kniff die Augen fester zusammen, bevor er sich mit der Hand über die Stirn fuhr und sich langsam aufsetzte.

Lyca machte Onkelchen ein Zeichen, er solle es für sich behalten und er nickte. Dann öffnete Chez die Augen.

Lyca drückte kurz meine Schulter, bevor sie mich losließ.

»Was war denn das? Was ist denn passiert?« Chez rieb sich den Kopf.

»Dir ist ein Ast auf den Kopf gefallen!«, improvisierte Penelothea.

»Aber es fühlt sich an, als sei der Ast so schwer gewesen wie ein Bulldozer …« Chez rieb sich immer noch den Kopf.

»Wie dem auch sei … Äh … Hm … Wir sollten weitergehen!« Chez rappelte sich auf und lief tiefer in den Wald. Wir anderen folgten.

Ich wusste nicht, was die nächsten Tage bereithalten könnten. Selbst die Ereignisse der vergangenen Tage ließen mir schon das Blut in den Adern gefrieren.

So lief ich hinter den anderen her und drehte mich noch mehrmals um. Ich war verwirrt und ich hatte den Eindruck, dass ich mich in einer Phase befand, die ohne Ausweg auf einen Punkt hinauslief, über den ich gerade nicht nachdenken wollte.

Ich seufzte und wir liefen weiter.

Kapitel 7

Die Tage vergingen. Die Sonne ging auf, wurde vom Mond abgelöst und zog wieder gen Himmel.

Wir trafen Monster verschiedenster Arten und vor gefährlichen Arten warnte mich Mybanna immer.

Es war anstrengend, dauernd Chez' misstrauischem Blick standzuhalten, doch meine Eltern waren der Meinung, es sei besser, Chez im Ungewissen zu lassen.

Ich war mit der Zeit ziemlich deprimiert. Ich wünschte mich selbst in die Unwissenheit zurück und war, wie schon einige Zeit zuvor, vollkommen verwirrt.

Langsam wurde das Unnormale für mich zum Alltag und gerade als ich mich richtig daran gewöhnte, passierte etwas Unglaubliches.

Alle waren ihren nächtlichen Geschäften wie Schlafen, Jagen usw. nachgegangen.

Ich machte einen kleinen Spaziergang, um mich umzusehen und mir ein Bild von meiner Umgebung zu machen, da hörte ich Stimmen.

Ich versteckte mich hinter einem Baum und lauschte.

»Die Mytrill-Vorräte gehen zur Neige ... Es wird immer weniger abgebaut, seit die Menschen die Monster vergessen. Wir sind bald arbeitslos!«

»Es wird zwar wenig Mytrill abgebaut, doch immer noch genug, um es zu stehlen und auf dem Schwarzmarkt zu verscherbeln.«

»Aber es ist nicht mehr dasselbe! Immer weniger Menschen interessieren sich dafür! Sie sind nicht mehr bereit, einen guten Preis dafür zu zahlen!«

»Dann müssen wir sie davon überzeugen, dass sie von Monstern bedroht werden!«

»Und wie sollen wir das anfangen?«

»Wir müssen ein Monster fangen, es auf dem Schwarzmarkt ausstellen und dann vor aller Augen mit einer Mytrill-Klinge das Schicksal dieses Biestes besiegeln!«

»Und wo kriegen wir das Monster her?«

»Na, hier aus dem Wald! Pass auf: Wir legen uns auf die Lauer, warten und ...«

Ich rutschte ab und landete in einem Gebüsch.

»Chef? Was war das?«

»Vielleicht ein Monster. Lass uns nachsehen!« Ich hörte Schritte auf mich zukommen und ich wollte mich aufrappeln und fliehen, doch meine Kleidung hatte sich im Gestrüpp verheddert.

Dann fiel ein Schatten auf mein Gesicht.

»Hey, Chef! Es ist nur ein kleines Mädel!«

Eine grobe Hand packte mich am Kragen und zerrte mich auf die Beine.

»Hm, Kleine? Hast du uns belauscht? Jetzt musst du dafür bezahlen! Durchsuch sie!«

Der Chef gab dem anderen ein Zeichen und der klopfte mich ab. Er entriss Mybanna meinem klammernden Griff.

»Hey, Chef! Schau mal! Ne Strickjacke! Ist dir kalt Mädel?« Der Blödmann lachte.

»Die Jacke ist uns Schnuppe, Hargo! Schau was drinnen ist!«, schnauzte Chef ihn an.

Hargo wickelte die Strickjacke von dem Schwert.

»Ui!«, hauchte Hargo.

»Und? Was ist drinnen?«, fragte Chef ohne den Blick von mir zu wenden. Ruppig ergriff er mein Kinn und drückte mir den Kopf in den Nacken.

»Oh! Eine Blitzauge ...«, murmelte er, als er mein Tattoo sah.

»Chef? Äh ... Schau doch mal!« Hargos Stimme war zittrig.

Chef wendete seinen Blick auf Hargo. »Ich habe dich gefragt, was in der Jacke ist und dich nicht gebeten, mich abzulenken!«, brüllte Chef wütend.

»Ja ... Äh ... Es ist ein Schwert ...«

»So. Ein Schwert. Welches Material?«

»Keine Ahnung!«

Chef drehte mir die Hände auf den Rücken und zerrte mich zu Hargo.

»Zeig mal her! Ich werd es schon wissen!«

Hargo hob Mybanna auf und reichte es Chef.

Dieser wich entsetzt zurück. »Zum Teufel! Das ist ja Mytrill!«, schrie er.

Hargo wirkte verwirrt. »Nein! Mytrill ist doch silbern, leicht bläulich mit rotem Schimmer! Das ist genau umgekehrt!«

»Vollidiot! Das ist reines Mytrill! Aus reinem Mytrill kann man eigentlich nichts machen, weil es zu gefährlich ist! Daher wird es mit Platin verschmolzen, bevor wir es in die Finger kriegen! Dieses Schwert ist gefährlicher als ein Waldbrand oder ein Orkan! Das ist unbezahlbar!«

Chef ruckte an meinen Händen und ich schrie auf vor Schmerz. »Los! Raus mit der Sprache, Mädel! Wo hast du das her? Wer bist du?«

In diesem Moment kam Chez zwischen den Bäumen hervor.

»Mann! Was geht denn hier ab!!! Wer seid denn ihr Typen!?!?« Er deutete drohend mit dem Finger auf Chef. Dann erblickte Chez das Schwert.

»Mist! Ich hätte es wissen müssen! Nur Probleme mit dem Gör!« Chez schüttelte den Kopf.

Chef drückte mir einen Dolch an die Kehle. »Keinen Schritt weiter, oder sie stirbt!«, drohte er.

Chez lachte. »Zum Donnerwetter! Ich werd sie jedenfalls nicht retten! Wenn die anderen dich lebend sehen wollen, dann sollten sie vielleicht kommen!« Chez grinste mich böse an.

Wieso hasste er mich denn so sehr? Wieso war er so gemein?

Ich schluchzte.

»So, so! Andere! Richte den anderen aus, sie sollen sich fernhalten, sonst stirbt sie!« Chefs Griff wurde fester und seine Hand, mit der er den Dolch hielt, kam bedrohlich nahe an mein Gesicht.

Ich wusste nicht warum, aber ich biss zu. Chef schrie auf und ließ den Dolch fallen.

Ich packte Mybanna und meine Strickjacke und war im nächsten Moment (ich wusste nicht wie, aber es war so) schon wieder beim Lager.

Ich schmeckte Blut und machte einen Abstecher zur Quelle in der Nähe des Lagers.

Ich betrachtete mein Spiegelbild. Ich sah total normal aus, soweit man von normal sprechen konnte.

Ich öffnete den Mund, um ihn mit Wasser auszuspülen und schloss ihn erschrocken wieder.

Mit der Zunge fuhr ich meine Zähne nach.

Sie waren sehr spitz und sehr lang ... Mein Herz begann zu pulsieren.

Mein Wissen über Na'aim schaltete sich ein.

Oh, ja! Es war nur natürlich, dass ich zugebissen hatte ... Und Chez hatte mich gesehen!!!

Was jetzt? Konnte ich mich je wieder blicken lassen?

Ich wusste es nicht, denn es war mir nicht klar, was ich machen sollte.

»Mytrill!« Das war Lyca. Ich konnte meine Mutter irgendwie gut leiden, doch ich sah sie mehr als Freundin, denn als Mutter.

»Was ist denn los?« Sie schien sofort zu merken, wenn irgendwas mit mir nicht zu stimmen schien.

Tränen kullerten mir über die Wangen.

Wann war ich als Na'aim erwacht und warum?

Hatte ich je die natürliche Gestalt eines Na'aim gesehen? Nicht, dass ich wüsste! War ich je mit allen Elementen gleichzeitig oder keinem einzigen in Berührung gewesen? Nicht, dass ich mich erinnern würde!

Wieso also war ich dann so erwacht?

Lyca nahm mich in dem Arm. »Wenn du möchtest, kannst du mit mir reden, dann können wir schauen, ob wir dein Problem gemeinsam lösen können«, schlug sie vor.

Ich wollte es ihr sagen, aber ich wusste nicht wie. Ich traute mich nicht, den Mund zu öffnen, obwohl meine Zunge nur noch normale Zähne spürte.

Ich schmeckte auch kein Blut mehr, doch ich wollte es nicht wahrhaben.

»Wie war das damals, als Makel und du herausgefunden habt, dass ihr Na'aim seid?«, fragte ich darum.

Lyca schob mich ein wenig zurück und blinzelte mich an. Dann wurden ihre Augen groß.

»Ach, Mytrill! Bist du etwa erwacht?« Als mir noch mehr Tränen aus den Augen quollen, umarmte sie mich wieder.

»Komm, erzähl es mir«, sagte sie und setzte sich auf die Erde. Ich setzte mich neben sie.

»Ich war im Wald und da waren Diebe ... Sie haben mich festgehalten und dann habe ich den Chef gebissen! Gebissen! Ich ... Dann war ich hier ... Was soll ich denn jetzt tun?« Lyca legte mir tröstend einen Arm um die Schulter, als ich das Gesicht in den Händen vergrub.

»Ganz ruhig. Du bist immer noch dieselbe Mytrill wie vorher. Das ist das Schwierigste an dem Ganzen: Diese Feststellung zu machen.«

»Danke ...«, schluchzte ich.

»Komm! Wasch dir die Tränen aus den Augen und dann lass uns zurück zu den anderen gehen!«

Ich nickte und tunkte meine Hände in das Wasser, bevor ich mein Gesicht wieder darin vergrub.

Dann fuhr ich mir mit den Fingern über die Haare und strich meinen schrägen Pony nach hinten.

»Dann auf in den Kampf!«, erklärte ich wehmütig und Lyca lachte kurz, bevor sie mich knuffte.

»Du schaffst das!«, pflichtete sie mir bei.

Gemeinsam gingen wir zum Lager.

»Hallo! Wo seid ihr denn gewesen?«, fragte Onkelchen.

»Wir haben uns noch ein wenig unterhalten!«, sagte Lyca gut gelaunt. Wir betraten die Höhle und sahen uns einem verschreckten und gleichzeitig wütenden Chez gegenüber.

»Was bist du!?!?«, schrie er mich an.

Ich zuckte zusammen und umklammerte das Schwert fester.

»Ich … Ich …«, stammelte ich.

Lyca sah verwirrt von Chez zu mir.

Er hat mich gesehen, klärte ich sie auf. Lyca öffnete den Mund zu einem stummen »Oh!« und nickte.

»Chez! Lass Mytrill in Ruhe, ist das klar!«, fauchte sie Chez an.

Ich war sehr erschrocken. Ich wusste nicht, dass sie auch so gruselig sein konnte und Chez reagierte darauf natürlich ebenfalls schockiert.

»Aber ich will wissen was los ist! Wer ist sie und warum nehmt ihr alle sie so in Schutz? Wisst ihr etwas, das ich nicht wissen darf? Das finde ich doch sehr ungerecht, denn schließlich habe ich euch nie irgendwie verraten!«

»Chez …«, setzte Onkelchen an.

»Nein! Ich will das jetzt geklärt haben! Wieso, verdammt noch mal, glaubt ihr, ist Mytrill so wichtig für euch! Das ist doch verrückt!« Chez redete sich richtig in Rage.

Lyca sah betroffen zu Boden und jetzt schaltete sich Makel ein.

»Chez! Lyca und ich haben schon lange diskutiert, ob wir es dir sagen sollten oder nicht … Wir dachten, du kämest nie dazu zu fragen, doch das war ein Fehler.

Wir haben nichts gegen dich, es ist nur so, dass wir wollten, dass Mytrill ein normales Leben hat, was sich jetzt erübrigt hat. Wir konnten sie doch nicht sterben lassen! Wo sie doch …«

»Du redest um den heißen Brei herum, Makel! Das hast du immer schon getan! Trotzdem will ich jetzt eine Antwort! Wer ist sie?« Chez baute sich zu seiner vollen Größe auf.

Alle sahen betroffen zu Boden.

Wie sollen wir es ihm sagen?

Vielleicht ganz unvermittelt?

Nein, ich würde sagen, wir müssen ihn darauf vorbereiten!

Meine Eltern diskutierten in Gedanken alle Situationen durch. Ich konnte schon nach einer Sekunde nicht mehr zuhören, so schnell plapperten sie.

Ich mach es!, erklärte ich und sah Chez direkt in die Augen.

Er funkelte mich böse an. Makel und Lyca waren wie erstarrt.

Ich folgte einer Eingebung.

»Gewaltiges Erz, aus Blut erstanden,
ist es dein Wille, werde ich neu geboren,
um die Welt aus ihrer Grausamkeit zu reißen,
öffne du mir deine Tore«, sagte ich und schloss die Augen.

Was ist, Mytrill?

»Sprich für mich!«

Wie du wünschst!

Ich öffnete die Augen.

Chez starrte mich irritiert an.

»Du bist doch das Mädchen vom Blitzaugen-Flüchtlings-Camp, das von dem Pfeil getroffen wurde!«, schrie er schockiert.

»Vor vierzehn Jahren,
Vertrauen brach,
durch ein unverhofft Kind,
von dem nie jemand sprach.

In Nähe des Ursprungs,
wo es Zuflucht fand,
von den Eltern in ein
andres Leben verbannt.

Nichts Böses erhofft,
normal geglaubt,
das Kind wurd enttäuscht,
normal sein war nicht erlaubt.

So zog es los
seine Wahrheit zu finden.
Es fand seine Eltern,
die seine Schmerzen linderten.

Doch was bildet sich ein,
der fremde Mann?
Er glaubt, das Kind sei böse,
was soll das, verdammt!

So muss das Kind
nun die Wahrheit sagen.
Chez, es ist nun her
schon hunderte Tage.

Vor vierzehn Jahren
musste ich gehen.
Mein Leben verlassen
doch jetzt kann ich meine Eltern wieder sehen.

Es tut mir leid,
zu enttäuschen dich,
doch eine Fremde,
bin ich nicht!«

Ich schloss die Augen und bedankte mich im Stillen bei meinem Unterbewusstsein.

»Was zum …« Chez begann zu fluchen.

»Kind? Eltern? Gehen? Bitte auf Hochdeutsch!«, forderte er.

Dann stockte er, als Lyca einen Arm um mich legte und ihn flehend ansah. Lyca nahm Makels Hand.

Chez sah mit offenem Mund von Makel zu mir, dann zu Lyca und wieder zu mir.

»Verdammt!«, schrie er und warf irgendwas zu Boden. Ich erkannte es als Lederbündel, in dem wahrscheinlich Nahrung war.

»Ihr habt nie irgendwas gesagt!« Er funkelte Makel und Lyca böse an.

»Chez, du hast dich in den letzten Jahren sehr verändert und wir dachten, du würdest es nicht verstehen …« Makel machte einen Schritt auf seinen Freund zu und Chez wich zurück.

»Du warst mein Freund, Makel! Ich habe dir immer vertraut! Wieso du nicht auch mir? Ich kapier es nicht!«

»Bitte, Chez! Ich habe ihn gebeten, nichts zu sagen!«, flehte Lyca.

»Verdammt!«, fauchte Chez wieder und setzte sich auf den Boden. Er vergrub das Gesicht in den Fäusten.

Plötzlich schaltete Penelothea sich ein. Sie setzte sich neben ihn und berührte mit ihren Fingern sanft seine Schulter.

Ich hörte, dass Chez schluchzte.

»Wie konnte ich nur so blind sein ...«, schnaubte er.

Makel und Onkelchen setzten sich neben ihn und redeten beruhigend auf ihn ein.

Meine Mutter und ich blieben etwas abseits stehen.

Immer geht er gleich in die Luft, deshalb wollte ich es ihm nicht sagen.

Lyca seufzte.

Aber ich kann es auch nicht bereuen, dass er es jetzt weiß ...

Ich sah ihr ins Gesicht und lächelte traurig.

»Komm, Mytrill. Machen wir einen kleinen Spaziergang und lassen ihn sich abreagieren.« Lyca und ich verließen die Höhle.

Wir machten einen langen Spaziergang und unterhielten uns über unser Leben. Ich erzählte meiner Mutter, wie ich gelebt hatte bevor ich von meinen Pflegeeltern weggelaufen war und sie erzählte mir von damals, als sie noch auf der Blitzaugenhochschule gewesen war.

Unsere Leben waren grundsätzlich verschieden.

Doch das war in Ordnung, denn so hatte jeder von uns genug zu erzählen.

»Und es gab wirklich eine so große Blitzaugenschule?«, fragte ich. Lyca nickte dann lächelte sie.

»Sie haben schon so viel vergessen! Ich habe nicht zu hoffen gewagt, dass das so schnell geht!«

»Das ist genial!«, sagte ich.

»Ich bin wirklich froh, dass es dir gut geht, Mytrill, obwohl ich wirklich Zweifel hatte, als dir dieser komische Blitzauge einen Pfeil durch den Rücken geschossen hat.« Lyca lächelte traurig.

Ich lachte verbittert. Ich konnte es ihr nicht sagen und das wusste ich, doch es machte mich traurig.

Wir liefen zurück zum Lager, wo Makel, Onkelchen, Penelothea und Chez warteten.

»Es ... tut mir leid, dass ich so ausgeflippt bin Mytrill ... Ich ... hatte so was nur einfach nicht erwartet.« Chez streckte mir seine Hand entgegen. Ich nahm sie und schüttelte sie leicht. Eine Entschuldigung von ihm war so nett ... Er war immer so abweisend gewesen, dass ich jetzt nicht mehr wusste wie ich mich verhalten sollte und darum lächelte ich nur bescheuert.

»Hey! Jetzt gibt es wenigstens keine Geheimnisse mehr!«, lachte Chez. Mein Herz zog sich zusammen. Wenn er nur wüsste ...

»Wir sollten vielleicht weiterziehen! Lange an einem Ort zu bleiben ist in unserer Situation ungünstig!«, schlug Makel vor und so gingen wir weiter und hielten Ausschau nach einem neuen Unterschlupf.

Wir fanden ihn sehr bald und machten es uns dort gemütlich.

Ich umklammerte Mybanna fest und schlief ein. Mitten in der Nacht erwachte ich. Ich sah mich um. Alle anderen schliefen. Mybanna leuchtete in meinen Armen.

Ich fuhr die Linien mit den Fingern nach, doch es war nur ein kleiner Zeitvertreib. Einschlafen konnte ich nicht und ich wusste nicht, was ich tun sollte, also ging ich schließlich nach draußen.

Ich prägte mir die Umgebung ganz genau ein und als es langsam hell wurde, legte ich mich genau da wo ich war hin. Ich war müde. Mybanna glänzte und ich fühlte mich sicher und geborgen.

Ich schien im Schlaf mit dem Schwert eins zu werden. Es war mir völlig gleich was außerhalb meiner Träume geschah. Mybanna beschützte mich.

Als ich erwachte, war es wieder dunkel, doch ich hörte Lycas, Makels und Chez' Stimmen.

»Das ist total krass! Ich hätte nie gedacht, dass sie sich verpuppt!«

»Ja! Genau! Die Frage ist: Warum?«

»Bleibt ruhig! Ich glaube, sie kann uns hören! Mytrill? Hörst du uns?«

Lyca schien neugierig.

Ja, ich höre euch, antwortete ich ihr.

Ich hörte, wie Lyca in die Hände klatschte. »Es geht ihr gut!«, erklärte Makel.

Warum ist es dunkel?, fragte ich.

Ich merkte, wie Makel und Lyca überlegten.

Mytrill! Du bist in einer Art Kokon! Bei uns war das damals genauso, als wir Flügel bekommen hatten!, erklärten Makel und Lyca.

Ich blinzelte und dann war es nicht mehr dunkel. Allerdings sah ich von allen Sachen nur noch den Umriss und alles schien mit geschwungenen Ornamenten bedeckt zu sein. Ich drehte den Kopf. Aus meinem Rücken ragten wahrhaftig zwei Flügel. Sie schimmerten wie Mytrill und waren am Ansatz fast blutrot.

Auch meine Haut schien in dieser Farbe zu leuchten.

Dann tasteten meine Hände unwillkürlich nach Mybanna. Sie war verschwunden.

Wo ist mein Schwert?, fragte ich ängstlich.

Dein Schwert? Keine Ahnung! Wo hast du es denn zuletzt gesehen? Hey! Warum hast du plötzlich solche Angst?

Angst? Ja! Das war der richtige Ausdruck. Wenn jemand Mybanna für seine Zwecke missbrauchte?

Ich musste schnell mit meinem Unterbewusstsein in Kontakt treten!

Gewaltiges Erz, aus Blut erstanden,
ist es dein Wille, werde ich neu geboren,
um die Welt aus ihrer Grausamkeit zu reißen,
öffne du mir deine Tore.

Keine Sorge, Mytrill! Mybanna ist nicht verloren! Sie ist nun ein

Teil von dir. Du kannst sie rufen, indem du ihren Namen nennst! Aber es gibt noch etwas Besonderes! Deine Eltern können die Gestalt wandeln! Allerdings nur in lebendige Wesen! Du hast die Möglichkeit, mit einer Waffe zu verschmelzen! Damit ist gemeint: Du kannst mit Mybanna kämpfen oder du kannst Mybanna werden! Sei vorsichtig! Wenn du weitere Fragen hast, rufe mich einfach! Aber sei vorsichtig! Es darf niemand davon erfahren! Außer deinen Eltern würde nämlich jeder das für selbstsüchtige Zwecke nutzen! Aber Vorsicht geht vor, darum darfst du es nicht einmal ihnen sagen!

Ich blinzelte, als mein Unterbewusstsein sich zurückzog.

»Mybanna ... «, flüsterte ich und mit einem Mal erschien das Schwert. Es lag mir bequem in der Hand. Es wisperte mir sein Können zu und ich nutze es, um aus dem Kokon frei zu kommen.

Mit einem Mal flutete mir helles Licht entgegen und ich breitete die Flügel aus. Dann löste sich Mybanna wieder auf. Sie blieb ein Teil von mir.

»Wow ... «, hauchte Chez und stieß dann einen Pfiff aus.

»Mytrill!«, rief Lyca erfreut und Makel grinste breit.

»Du siehst umwerfend aus, aber deine Flügelchen erregen vielleicht etwas zu viel Aufmerksamkeit ... « Chez versuchte so cool wie möglich zu bleiben.

Ich lachte und spürte, wie meine Flügel sich auflösten. Doch sie waren noch da. Ein Teil von mir, wie Mybanna.

Ich fühlte mich frei, doch ich wusste, dass ich Geheimnisse hatte. Viele. Zu viele! Selbst vor meinen Eltern hatte ich diese Geheimnisse ...

Ich lächelte, doch in meinem tiefsten Inneren fühlte ich mich schuldig.

»Also ... Äh ... Ich mach mich dann mal ab!« Chez legte den Rückwärtsgang ein und war auf und davon.

»Ich würde sagen: Du probierst erst einmal alles aus, was dir einfällt! Wenn du etwas brauchst: Wir bleiben in der Nähe!«

Damit verabschiedeten sich auch meine Eltern und ich war alleine.

Sie merkten bestimmt, dass ich jetzt alleine sein wollte. Allerdings nicht um meine neuen Fähigkeiten zu testen, sondern um mit mir selbst ins Reine zu kommen ... Mal wieder.

Ich seufzte und setzte mich. Den Kopf ließ ich erst hängen, doch das wurde mir mit der Zeit zu unangenehm und daher stützte ich ihn auf meine Hände.

Zum rund tausendsten Mal stellte ich mir nun schon die alles entscheidende Frage: Wieso ich? Warum? Weshalb überhaupt? Welchen Grund hatte dieses ganze Theater? Und dann auch noch meine Gabe ... Mybanna ... Das war ja richtig unheimlich!

Ich erschauderte.

Plötzlich hörte ich ein Geräusch. Ich spitzte die Ohren. Wo kam das Geräusch her? Ich richtete mich hastig auf und inspizierte die Umgebung.

Dann raschelte das Gebüsch. Ich hob abwehrend die Arme und erstarrte, als ich die Person erkannte, die nun vor mir stand.

Ich bekam einen riesigen Stich im Herzen. Ich hatte ihn ja völlig vergessen! Ihn! Meinen vermeintlichen Bruder!

»Quennot! Was machst du denn hier?«, fragte ich.

»Mytrill? Bist du das ... echt?« Quennot musterte mich. Er umkreiste mich wie ein Adler.

»Was machst du hier?«, fragte ich wieder. Ich versuchte einen wütenden Unterton in meine Stimme einzuarbeiten, aber das klang nur, als hätte ich einen Kloß im Hals. Was ja nicht ganz falsch war.

»Mytrill! Ich habe nach dir gesucht! Mutter war so froh, dass du abgehauen bist. Aber ich hatte solche Schuldgefühle! Also bin ich dir nach! Ich bin den Blitzaugen begegnet! Monster gibt es wirklich, aber das weißt du anscheinend schon! Bist du jetzt etwa eine echte Blitzauge?«

»Was hast du angestellt, Quennot?«, fragte ich.

»Ich verstehe nicht, was du meinst ...«, stellte er verwirrt fest und furchte die Stirn.

»Was hast du den Blitzaugen erzählt?«

»Ich ... Äh ... Nur, dass ich meine Schwester suche. Wieso?«

»Erstens: Ich bin nicht deine Schwester! Zweitens: Hast du meinen Namen benutzt?«

»Eigentlich nicht ... Hätte ich das machen sollen?«

Ich ließ mich seufzend wieder zu Boden sinken.

»Was ist überhaupt los mit dir, Mytrill? Du bist so anders ...«, stellte Quennot fest. »Wenn du wüsstest ...«, murmelte ich.

»Aber ich habe dich gefunden, was nicht gerade leicht war! So am Rande will ich das mal erwähnt haben! Wie auch immer ... komm mit nach Hause! Alles Weitere können wir da besprechen!« Er griff nach meiner Hand. Ich entriss sie ihm.

»Ich komm nicht mit!«

»Aber Mytrill ... Willst du denn in dieser Wildnis verhungern?«

»Du weißt gar nichts!«

»Weil du mir gar nichts sagst!«

»Das ist auch besser so!«

»Ich habe keine Lust mit dir zu diskutieren! Komm einfach mit!«

Quennot griff wieder nach meiner Hand. Ich entriss sie ihm nicht. Quennot schöpfte neue Hoffnung und wollte mich auf die Beine ziehen, als ich seine Hand drückte. Erst leicht. Dann immer fester.

Quennot schrie vor Schmerz auf und wollte mir seine Hand entreißen.

»Fass mich nie wieder an! Du bist nicht mein Bruder!«, fauchte ich ihn an. »Ich habe meine Eltern gefunden, Quennot! Ich brauche dein Mitleid nicht! Ich brauche niemandes Mitleid!« Ich verengte meine Augen zu Schlitzen und ließ seine Hand los. Quennot wedelte sie ein wenig herum, dann sah er mich erstaunt an.

»Ich dachte, du wolltest mir die Hand brechen!«, keuchte er.

Dann weiteten sich seine Augen. »Du hast deine Eltern gefunden? Ehrlich? Wo sind sie?«

Ich stand auf. Wenn ich Quennot nicht mit einfachen Mitteln vertreiben konnte, brauchte ich die harte Tour.

Ich ballte meine Hand zur Faust und spürte, wie Mybanna erschien.

Ich richtete das Schwert in Quennots Richtung.

»Wo kommt den jetzt auf einmal das Schwert her? Mytrill? Was ... soll das?«

Er schien immer noch nicht auf Rückzug zu sein. Wollte er denn unbedingt einen Schock fürs Leben?

Ich wusste nun ehrlich nicht mehr, was zu tun war, also sagte ich das erste, was mir in den Sinn kam: »Passt gut auf Mytrill auf! Wir vertrauen auf das Schicksal! Hört auf, die Herzen bluten zu lassen! Die Welt ist voller Monster!«

»Woher ... Woher ... Das stand doch auf dem Zettel ... der bei dir lag ...«, stotterte Quennot.

Ich blinzelte verwirrt, doch dann lächelte ich. »Es stimmt!«, sagte ich und senkte das Schwert. Mein Bauch kribbelte.

»Was stimmt?«, fragte Quennot.

»Die ganze Welt ...« Ich hob das Schwert zum Himmel. »... ist voller Monster!« Mybanna vereinte sich wieder mit mir, doch ich entfaltete die Flügel. Meine Haut glühte. Die Luft vibrierte und ich hatte einen metallenen Geschmack im Mund.

Dann spürte ich noch etwas. Quennots Entsetzten. Seine Panik und Angst, Verzweiflung und Erkenntnis.

»Sag mir bitte, Mytrill, dass du ein Engel bist, ja?«

»Ich kann dir erzählen was du willst, aber die Tatsachen ändern wird das trotzdem nicht!«

»Aber … was bist du? Wer bist du? Warum bist du das?« Quennot war nun zudem auch noch verwirrt.

Ich biss mir auf die Lippe. Ich konnte so nicht weitermachen. Ich faltete meine Flügel.

Meine Haut hörte auf zu glühen.

»Ich kann nicht zurück, selbst wenn ich wollte! Aber in einer Sache kannst du dir sicher sein: Ich bin nicht böse!«

»Mann! Verdammt! Mytrill! Du bist ein verdammtes Monster! Da soll ich dir vertrauen? Das glaubst du doch selbst nicht! Also … bring mich schnell um, klar?«

Ich begann leise zu fluchen. Dann blickte ich Quennot böse an. Er fiel in Ohnmacht.

Dann sammelte ich die Gruppe ein. Ich erklärte ihnen, dass die Blitzaugen uns auf der Spur waren. Ich erwähnte Quennot lieber nicht persönlich, denn ich wollte ihn ja gar nicht verletzen.

Wir zogen also weiter. Diesmal ließ ich mehr zurück als all die anderen Male. Ich verlor meine Vergangenheit. Aber was war schon Vergangenheit? Eine ferne Erinnerung? Wozu brauchte man die? Am besten wäre es, wenn ich alles einfach vergessen könnte!

Aber so einfach war das nicht. Immer wieder fragte ich mich, was nun wohl aus Quennot werden würde. Würde er ein Blitzauge werden und uns jagen oder sich nach Hause flüchten? Aber dann zog ich noch eine Möglichkeit in Betracht. Was wäre, wenn …

Kapitel 8

… wenn er nach der Ohnmacht erwachen würde und glaubte, alles sei bloß ein Traum gewesen?

Man kann sich denken, ich war nicht erfreut darüber, als sich diese Theorie als die Wahrheit erwies.

Aber ich brachte es nicht übers Herz, ihn noch einmal so zu verletzen und daher kontaktierte ich meine Eltern.

Sie sollten sich alle einfach nur als meine Begleiter vorstellen. Vielleicht würde Quennot Ruhe geben, wenn er sah, dass ich in guter Begleitung war. Dem war leider nicht so.

»Du kennst diese Leute doch alle gar nicht! So ein blindes Vertrauen ist gefährlich! Am besten, du kommst mit nach Hause!«

Wenn Quennot auch nur ein wenig Verstand besessen hätte, dann hätte er besser auf seinen vermeintlichen Traum gehört, denn da Träume meist eine Botschaft des Unterbewusstseins sind, beinhalten sie auch eine grundlegende Wahrheit, die man nicht vernachlässigen sollte.

Ich versuchte mit allen Mitteln Quennot zu beweisen, dass ich gut auf mich aufpassen konnte und trotzdem ermahnte ich immer wieder meine Eltern und mich ebenso wie unsere anderen Begleiter dazu, ja nicht unvorsichtig zu werden und nicht aus Versehen etwas Unüberlegtes zu sagen.

Leider war Chez meistens unüberlegt.

Beispiel: Wir suchten ein Nachtlager. Quennot fand eines, doch es war ein hoher Baum. Er kratzte sich am Kopf. »Vielleicht sollten wir was anderes suchen … Da kommen wir nie im Leben hoch …«

Chez war voll Feuer und Flamme. »Ach was! Der Platz ist perfekt! Wir fliegen einfach hoch und … Ups …«

Anderes Beispiel: Quennot war misstrauisch gegenüber meinen Eltern, da er Angst hatte, ein so junges Pärchen könnte mich, die Liebesexpertin Nummer 1 (von hinten), glatt um den Verstand bringen.

Chez lachte ungehalten. »Bin ich vielleicht so jung?«

»Ich habe doch nicht von Ihnen gesprochen, sondern von dem grünhaarigen Typen und dem blauhaarigen Mädchen. Sind die eigentlich Punks?«

»Das läuft auf dasselbe hinaus! Die oder ich! Da gibt's keinen Altersunterschied!«

»Hä?«

»Ups!«

Braucht man mehr Beweismaterial, um zu zeigen, dass Chez völlig unfähig ist? Wie auch immer ... Als Quennot einsah, dass ich nicht mitkam, beschloss er, uns nun zu begleiten. Das brachte unsere Mission nicht nur in Gefahr, es machte sie unmöglich!

Wenn er unser Geheimnis nicht kannte und akzeptierte, würde unsere Mission scheitern.

Also dann ... Blub, blub, blub!

Was also tun? Wie üblich war ich überfordert mit dem Gedanken, dass ich schon wieder an allem Schuld war.

Hätte ich doch nur ... Hätte ich doch nur ... Was denn eigentlich?

Vielleicht war das der Schlüssel zum Erfolg! Ich musste versuchen, meine Fehler in der Vergangenheit zu erkennen, um meine Fehler in der Zukunft zu vermeiden. Ein Sprichwort besagt schließlich: Wenn du den Grund einer Niederlage nicht erkennst, verdienst du es, eine weitere zu erleiden.

Also: Niederlage analysieren. Klingt doch einfach! Also: Ran ans Eingemachte!

Die erste Sache, die mir in den Sinn kam, war, dass ich lernen musste sensibler zu sein! So vom Motto: Wusstest du schon, dass ich ein Monster bin?

Nein! Ich musste es anders ausdrücken, dass es mehr klang wie: Es ist etwas passiert. Es tut mir leid, dass es so kommen musste, doch ich bin nicht mehr die, die ich mal war. Ich war eigentlich nie die, die ich war … also die, für die du mich gehalten hast, als ich noch so war wie früher und …

Also … lange Reden schwingen ist nicht gerade meine Stärke, das hatte ich nun begriffen …

Neuer Versuch! Ich bin immer noch ich, doch es hat sich etwas geändert. Ich kenne nun meine Herkunft und auch wenn dich das verstören mag, ich bin immer noch dieselbe. Ich stamme nur von einer seltenen Art von Wesen ab. Wesen mit besonderen Eigenschaften. Die Menschen haben dieser Spezies den Namen Monster gegeben.

Das klingt viel zu formal! So was kann man nur auswendig lernen! Das käme sogar noch schlimmer rüber, als wenn ich ihm einfach sagen würde …

Moment! Das war mein Fehler! Ich redete immer um den heißen Brei herum! Das ist passiert und das und das und das, ach, und das auch noch … Was wollte ich eigentlich noch mal sagen?

»Mytrill? Denkst du nach?«

»Scht! Ich muss mich konzentrieren!«

»Weißt du was?«

»Jetzt nicht!«

»Bevor ich dich gefunden habe, hatte ich einen komischen Traum …«

»Sei doch endlich still!«

»Mann! Was ist eigentlich los mit dir? Früher hast du immer zugehört und nie gelabert und jetzt … ist es genau umgedreht!«

»Ich muss mich eben konzentr… Moment! Der Traum!« Wenn ich näher darauf einging, würde er vielleicht erkennen, dass es Wirklichkeit war und kein Traum.

»Erzähl mal!«

»Ach was … Ist nicht so wichtig.« Quennot lief rot an. Was fand er denn daran so peinlich, wenn ich ihm zeigte, dass ich ein Monster war? Na ja, egal! Ich musste ihn zum Reden bringen!

»Ach, komm schon! Jetzt hast du mich neugierig gemacht!«

»Also … Da war ich. Ich war auf der Suche nach dir. Dann hörte ich deine Stimme!«

»Klingt plausibel!«

»Es wird aber total verrückt! Ich sah dich am Boden hocken und bin zu dir gegangen! Ich bat dich, mit mir nach Hause zu kommen.«

»Ist logisch.«

»Das Verrückte kommt erst noch! Auf jeden Fall bist du aufgestanden und … dann hast du Flügel gekriegt …«

»Aha …«

»Und warst plötzlich im Hochzeitskleid und hast gerufen: Lass uns heiraten!«

»Sehr interessant!«

» … «

»Moment mal!!! WAAAAAAS?!?!« Ich starrte ihn entgeistert an.

Quennot war plötzlich sehr klein. Er grinste ängstlich, als warte er nur darauf, dass ich ihn ohrfeigte.

Mit offenem Mund starrte ich ihn an.

Dann stand ich ruckartig auf.

»Das geht nicht! Ich dachte … Du hättest … Das geht nicht! Ich kann nicht! Ich … will nicht!«, rief ich stotternd.

Quennot senkte den Kopf. »Ich weiß … Es tut mir leid … Ich hätte wissen müssen, dass …«

Ich ohrfeigte ihn.

»Gar nichts weißt du! Verdammt! Ich bin ein Monster, klar! Ich überlege schon die ganze Zeit wie ich dir das sagen soll, damit du mich nicht hasst! So was passt da einfach nicht ...« Ich stockte als ich merkte, was ich gesagt hatte.

Ich schlug mir mit der flachen Hand gegen die Stirn. »Verdammt ...«, fluchte ich.

»Hä? Monster? Du? Niemals!« Quennot setzte sich gerade hin und rieb seine Wange.

»Ach, Mensch! Quennot! Wenn du nicht immer so leichtgläubig wärest und mal darauf geachtet hättest, was alles passiert ist, dann ... Ich hab's doch auch erst erfahren!« Ich rieb mir den Kopf.

Quennot lachte angespannt. »Das ist ein Scherz, stimmt's? Lustig! Richtig zum Schreien! Ha, ha!«

»Was ist denn los?«, fragten Makel und Lyca. Sofort hörte Quennot auf zu lachen.

»Mytrill hat mir nur einen Witz erzählt! Das geht euch gar nichts an!«, sagte er und runzelte die Stirn.

»Ihr seid alle gleich! Ihr Männer! Es gibt nur wenige Ausnahmen! Das war kein Scherz!« Ich schüttelte Quennot.

»Ui ...«, machte Makel.

»Na, das kann ja was werden ...«, seufzte Lyca.

»Ich rieche Ärger!« Makel schüttelte den Kopf.

Quennot befreite sich aus meinem Griff, um nicht mehr durchgeschüttelt zu werden. Er rieb sich den Kopf.

»Mytrill! So etwas wie Monster gibt es nicht!« Ich blinzelte ihn an. Hatte er etwa einen Schlag auf den Kopf bekommen?

Oder ... Hey! Was wäre, wenn das Ganze nur ein Traum von mir war?

Das klang plausibel und doch ... war es mir etwas peinlich. Etwas sehr peinlich! Allerdings hatte ich jetzt keine Zeit mich zu schämen.

»Also ... du hast es ihm gesagt. Er glaubt es nicht. Beweis?«

Makel und seine Stichpunkte waren in letzter Zeit sehr hilfreich.

Also zum nächsten Punkt auf der Checkliste, der da lautete: Einen Beweis erbringen.

Da gab es nur ein Problem:

Ich trau mich nicht …

Wir machen es gemeinsam!

Na … Na … Gut …

Ich schluckte heftig. Lyca zwinkerte mir zu. Sie trat vor.

»Quennot! Es ist Zeit Abschied zu nehmen von alten Vorstellungen! Entgegen aller Vernunft! Hier ist der Beweis!«

Dann leuchtete Lyca auf und als es wieder dunkel genug war, besaß Lyca silberne Flügel. Quennots Kiefer klappte herunter. Dann trat Makel vor.

»Eigentlich hatte ich vor, das nie wieder vor einem Uneingeweihten zu tun!«, erklärte er und die goldenen Flügel wuchsen ihm aus dem Rücken.

Jetzt weiteten sich Quennots Augen bis sie groß waren wie Tennisbälle.

Ich seufzte und tippte Quennot auf die Schulter. Langsam drehte er den Kopf zu mir. Ich lächelte wehmütig.

»Darf ich vorstellen? Quennot, das sind meine Eltern!« Ich ließ meine Flügel aus meinem Rücken wachsen.

Quennot sog die Luft hörbar ein.

»Hört, hört …«, keuchte er und blickte immer wieder von meinen Eltern zu mir.

»Du … Äh … hast also wirklich keinen Witz gemacht?«

»Nein! Das habe ich doch schon gesagt!«, erklärte ich. Quennot schluckte. »Okay? Äh … Und ihr tut mir nichts? Äh … Deine Eltern, Mytrill, sind ja … sehr jung …«

Lyca lachte. »Danke! Chez wäre bestimmt erfreut, wenn er das hören könnte! Schließlich ist er ja so alt wie wir!«

Quennot schluckte wieder. »Ihr … seht so … äh … jung aus …«

Makel seufzte. »Immer dieselbe Leier! Wir dürfen alles machen. Niemand hat etwas gegen unsere Anwesenheit, aber wenn sie unser Alter erfahren, heißt es immer: Unmöglich, ihr seid doch höchstens sechzehn!«

Lyca kicherte.

»Äh … Was … Äh … seid ihr denn für … Monster?«

Wir drei sahen uns an.

»Für unsere Rasse gibt es keinen Namen! Wir haben ja auch nur drei Mitglieder! Aber bevor wir werden, was wir sind, nennt man uns: Na'aim«, erklärte Lyca.

Quennot fiel in Ohnmacht.

Als er erwachte, standen wir über ihn gebeugt. Die Flügel hatten wir wieder unsichtbar gemacht.

»Ouhhh … Ich hatte 'nen total verrückten Traum …«, murmelte Quennot. Lyca, Makel und ich sahen uns einen Moment an.

»Was für einen Traum denn?«, fragte ich ihn, damit wir nicht wieder aneinander vorbei redeten.

»Ich hab geträumt, ihr wäret alle Monster!« Er lachte.

Wir nicht. »Das war kein Traum!«, stellte ich die Tatsachen klar. Quennot war verwirrt. »Kein Traum?«

»Kein Traum!«

»Ganz sicher?«

»Wirst du mal aufhören!«

Quennot blickte zu Boden.

Er biss sich auf die Lippe. »Autsch …«, brummte er. Dann sah er uns an. »Also … etwas Verrückteres hätte ich mir nicht vorstellen können …«, murmelte er dann. Er nuschelte noch etwas Unverständliches und war dann sehr ruhig.

Man konnte ihm richtig ansehen, wie er nachdachte.

Dann lachte er. »So etwas Verrücktes wäre mir nicht einmal im Traum eingefallen!«

Er verstummte wieder.

Wir sollten euch alleine lassen. Ich glaube, das ist etwas viel für deinen kleinen Freund. Lyca nickte mir zu und dann gingen Makel und sie zu Chez, Onkelchen und Penelothea.

»Es ... tut mir leid, Quennot«, brachte ich mühsam hervor.

Quennot schüttelte den Kopf. »Für was entschuldigst du dich? Ich bin es, der dich bedrängt hat! Ich ... denke, ich sollte jetzt gehen.« Quennot sah zu Boden und stand dann auf. Er begann zu rennen und war schon bald über alle Berge. Ich ließ den Kopf hängen.

Oh, Quennot ... du warst für mich immer ein Bruder, aber ich darf dir nicht nachlaufen, denn ich bin jetzt jemand anderes.

Ich schloss die Augen und atmete einmal tief durch, bevor ich zu den anderen ging, um mich zu ihnen zu setzten.

»Es tut uns Leid, Mytrill«, entschuldigte sich Makel. Ich schüttelte den Kopf. »Es ist gut, dass er gegangen ist. Nur so können wir unsere Mission in Ruhe fortsetzen!«

Makel und Lyca sahen sich an. Lyca nickte traurig. »Mytrill ... ich glaube, du hast mehr gelitten als wir damals. Ich glaube, wir sollten uns für eine Weile irgendwo niederlassen, bevor wir weiterziehen!«, erklärte sie.

»Niederlassen? Wieso das? Wir müssen doch weiterreisen!« Ich sprang entsetzt auf.

Penelothea legte mir ihre Hände auf die Schultern. Ich setzte mich wieder. »Ich meine ... ich verstehe den Grund nicht!«, sagte ich etwas ruhiger.

»Wir meinen, es wäre besser, erst einmal alles zur Ruhe kommen zu lassen, bevor wir weiterreisen und dich so physischen und psychischen Gefahren aussetzen. Wir kennen dich doch immer noch nicht so richtig ...« Makel stockte und lächelte traurig.

Ich blinzelte kurz. »Aber wo könnten wir ungestört leben?«, fragte ich.

Chez grinste mich an. »Es gibt eine Gegend im Nordosten, wo uns niemand kennt. Dort glaubt niemand an Magie, Monster, Blitzaugen oder irgendwas anderes, was sie nicht mit eigenen Augen gesehen haben.«

»Es ist meine Heimat!«, erklärte Onkelchen. »Eine etwas größere Siedlung. Nachdem damals gesagt wurde, es würden Na'aim durch die Wälder streifen, waren sie sehr auf der Hut. Es geschah allerdings rein gar nichts und somit war ihr Glauben an Monster und irgendwelche magischen Dinge erschöpft. Wenn sie Leute mit Tattoos unter den Augen sehen, dann denken sie: der oder die hat vielleicht einen komischen Modegeschmack.«

Ich blinzelte verwirrt. Bis vor kurzem hatte ich ja selbst nicht an solche Sachen geglaubt ...

»Also ... in Ordnung!« Ich nickte und die Hälfte der Gruppe seufzte erleichtert.

Also machten wir uns auf in Onkelchens Heimat.

Es war kein langer Weg. Wir legten ihn umso schneller zurück und bald schon erreichten wir die Siedlung.

Im Wald davor machten wir uns noch etwas zurecht.

»Sag mal, Onkelchen, hast du mitten in der Siedlung gewohnt?«, fragte ich plötzlich.

Onkelchen schüttelte den Kopf. »Nein, mein Haus war sehr abgelegen, aber da dürfen wir nicht hin!«

»Und wieso nicht?«

»Weil das das einzige Sperrgebiet für uns ist. Die Blitzaugen benutzen es als eine Art Stützpunkt seit ich weg bin. Es lohnt sich nicht, unsere Tarnung auffliegen zu lassen, nur um in das Haus zu kommen! Wir werden uns also ein kleines Häuschen mieten ... oder so ...«

»Wird dich denn niemand erkennen?«

»Ach was! Ich kannte nur wenige Leute und welche Möglichkeit besteht denn, dass ich ausgerechnet denen begegne?«

Also betraten wir die Siedlung, sie war riesig. Voller Menschen und Häuser. Die Menschen hatten eine Vielzahl von Sachen erfunden, die ursprünglich Teil der Magie gewesen waren, wie mir Lyca erklärte, doch nun nannten sie diesen Teil der Magie »Technik« und »Wissenschaft« und behaupteten, dass es nichts mit Magie zu tun hätte.

Es war ein wunderlicher Ort.

Gemeinsam gingen wir zu einem gut gekleideten Mann. Er stand einfach mitten auf dem Platz und hielt eine Aktentasche.

»Entschuldigen Sie, wissen Sie, wo man sich hier ein Haus mieten kann?«, fragte Penelothea. Der Mann blinzelte, dann drehte er den Kopf. »Der alte Jack wollte seine Wohnung verkaufen. Er wohnt die Straße runter, direkt an der Kreuzung. Hausnummer dreizehn! Wenn ihr genug Geld habt, könnt ihr das Angebot nehmen. Ansonsten kenne ich mich mit solchen Sachen nicht weiter aus. Ich bin hier nur der aufsichtführende Polizeibeamte.« Der Mann nickte uns zu und sah dann wieder den Weg entlang.

Weitere Hilfe durften wir nicht erwarten, also folgten wir der Straße und suchten diesen alten Jack auf.

Er war nicht schwer zu finden. In dem Gartenstück vor dem Häuschen stand ein riesiges Schild: Zu verkaufen.

Wir klopften an die weiß gestrichene Tür. Es war ein niedliches Häuschen. Richtig schnuckelig und doch hatte es eine angenehme Größe.

Ein älterer Herr von rund achtzig Jahren öffnete uns die Tür. »Sind Sie der Hausbesitzer?«, fragte Chez. Der alte Jack nickte, denn ich war mir sicher, dass er es war.

»Das Haus ist schön ... aber mit meinen fünfundneunzig kann ich die Stufen nicht mehr so gut rauf ... Ich ziehe übermorgen um, aber vorher möchte ich diesem alten Liebchen noch einen neuen, netten Besitzer verschaffen«, sagte er mit brüchiger Stimme. Er war fünfzehn Jahre älter als ich ihn eingeschätzt hatte.

»Können wir uns mal umsehen?«, fragte Makel.

»Oh, ja. Ihr scheint freundlich zu sein … Aber so viele Jugendliche … Immerhin sind drei Erziehungsberechtigte dabei. Seht euch ruhig um, aber seid bitte auch vorsichtig.«

Makel und Lyca lächelten verlegen. Wenn der alte Jack nur wüsste.

Wir sahen uns um. Es war, wie er schon gesagt hatte, ein schönes Häuschen. Man konnte bequem darin leben.

»Und was für ein Preis schwebt Ihnen da vor?«, fragte Onkelchen.

Der alte Jack überlegte. »Auf meine alten Tage … Ich habe keinen Erben und darum würde das Geld später nur vom Staat eingesackt werden. Aber man sollte schon einen Preis vorweisen können … Fünf!«

»Fünftausend?«

»Nein … Fünf!«

»Fünfhundert?«

»Hören Sie …«

»Fünfzig?«

»Ich meine … junger Herr …«

Chez rätselte ununterbrochen.

»Fünfzehn? Oder Fünf?«

»Lass ihn doch mal ausreden!« Penelothea knuffte Chez in den Arm.

»Fünf Kupfermünzen«, erklärte der alte Jack.

Chez fiel die Kinnlade herunter. »Ich dachte, sie sprächen von Goldmünzen … oder Silbermünzen! Vielleicht haben sie auch ne Null vergessen? Fünf Kupfermünzen?!?!«

»Ist das zu teuer? … Na gut, dann drei.«

Chez wollte schon wieder etwas sagen, doch Onkelchen unterbrach ihn.

»Sind Sie sich mit dem Preis wirklich sicher?«

»Was sollte daran falsch sein?«

»Gut, dann zahlen wir!« Onkelchen reichte dem alten Jack einige Kupfermünzen. Er hatte sie anscheinend noch von früher bei sich. Ich hatte nämlich schon ganz vergessen, wie Geld aussah, während unserer Reise.

»Sehr schön ... Ihr habt doch nichts dagegen, wenn ich noch zwei Tägchen bei euch bleibe ... bis meine Sachen weg sind und ich wollte noch sehen, wie ihr so seid. Dann gebe ich euch die Besitzurkunde.«

Der alte Jack war nett. Wir konnten zwar die folgenden zwei Tage nicht über unsere Herkunft und unsere Privatsphäre sprechen, aber der alte Jack war witzig. Er erzählte sehr gerne alte Weisheiten und Witze. Ebenso liebte er die Poesie.

Besonders ein Gedicht trug er uns oft vor:

»Es waren mal drei Käfer,
oder war'n es zwei?
Die wollten 'n Vogel ärgern,
dazu trug jeder etwas bei.

Einer, der sang Heavy Metall,
schräg und ganz fatal.
Der andre wollte ...

Wie spät ist es denn? Oh, ich glaube, es ist Zeit zu gehen.«

Er unterbrach sich und stand langsam auf. In letzter Zeit waren immer wieder Leute gekommen, die seine Sachen geholt hatten. Jetzt war das Haus geradezu leer. Bis auf ein Bett, einen Tisch und einen Schaukelstuhl.

Der alte Jack kramte in einer alten Tasche und fischte daraus eine formell aussehende Mappe. Er reichte sie Onkelchen.

»Lasst ihr mich kurz alleine? Ich möchte mich noch schnell

verabschieden …« Wir nickten nacheinander und waren schon beim Rausgehen, da rief er uns mit gebrochener Stimme noch nach: »Bitte passt auf, dass alles schön bleibt.«

Wir gingen raus und warteten. Wir warteten lange. Sehr lange. Zu lange! Ich wurde unruhig. »Ich schaue nach!«, erklärte ich.

Ich rannte ins Zimmer und erstarrte. Oh ja. Der alte Jack war gegangen. Der alte Jack hatte sich verabschiedet.

Nun lag er leblos und mit einem Lächeln auf den Lippen in dem Bett und hatte die Hände über der Brust gekreuzt als würde er bloß schlafen.

Der alte Jack hatte die Augen geschlossen und auf dem Tisch lag ein Zettel. Er war schon alt gewesen, aber gewitzt war er trotzdem und es machte mich nicht traurig ihn so zu sehen. Es verbreitete in meinem Inneren so etwas wie Frieden.

Kommt, er ist gegangen.

Vorsichtig kamen nun auch Penelothea, Chez, Onkelchen und meine Eltern ins Zimmer. Ihre Reaktionen waren unterschiedlich.

Penelothea brach in Tränen aus und presste sich die Hände vor den Mund, bevor sie zu Boden sank.

Chez reichte ihr ein Taschentuch und versuchte sie zu trösten.

Onkelchen faltete die Hände und sprach ein Gebet.

Makel und Lyca standen unschlüssig in der Tür und schienen mit der Lage überfordert.

Ich ging zum Tisch und las den Brief, denn es war ein Brief.

»Liebe Ilse,

nun ist also meine Zeit gekommen. Ich hoffe, dass diese meine Zeit, mein Wirken in dieser Welt nicht vergebens war. Habe ich doch eine Gemeinschaft gefunden, die das Haus übernimmt. All meine Sachen sind schon gespendet. Die Freude in den Gesichtern der Menschen zu sehen war eine Wohltat.

Ich denke, ich habe das Richtige getan.

Ilse, ich hoffe, du nimmst meine Entschuldigung an. All die Jahre tat es mir weh, dass ich dir nie gesagt habe, dass ich dich geliebt habe.

Nimm du nun meine Liebe, sie ist alles von meinen Sachen, was bis jetzt noch niemandem gehört.

Ilse, bitte vergiss mich nicht.

Dein Jack Medinger«

Auf der Rückseite stand eine Adresse. Ich atmete tief durch. Jack war ein lieber Mensch gewesen und wenn nötig, würde ich diesen Brief persönlich überbringen. Aber nicht als ich. Nein, auch nicht als Jack.

Ich faltete den Brief ordentlich und nahm die alte Tasche, in der nun nichts mehr war, auf.

Ich steckte den Brief hinein und wurde zu einer leuchtend roten Taube.

Nur Lyca und Makel bemerkten mein Verhalten.

Was wirst du tun?

Wo willst du hin?, fragen sie.

Ihm einen Gefallen tun, erklärte ich und hob mich und die Tasche in die Lüfte.

Es gab viele Tauben, doch keine außer mir war rot. Als ich so über den Himmel flog zog ich viele Blicke auf mich.

Die Adresse war eindeutig. Ilse wohnte direkt am Tor.

Dorthin flog ich und erreichte ihr Haus auch bald. Mit dem Schnabel klopfte ich an die Tür. Eine ältere Frau öffnete und erschrak.

»Was zum ... «, brachte sie hervor und ich ließ die Tasche zu Boden gleiten.

Ich landete und legte den Kopf schräg.

»Das ist doch Jacks Tasche ... «, überlegte Ilse laut.

Sie nahm die Tasche und öffnete sie. Eilig las sie den Brief und sah mich dann verwirrt an.

»Wieso sagt er mir das in einem Brief?«, fragte sie niemanden bestimmten.

Ich gurrte und erhob mich dann wieder in die Lüfte.

Vielleicht war mein Verhalten doch etwas zu spontan, aber mir hatte die Idee so gut gefallen, dass ich sie gleich umgesetzt hatte.

Ich flog hoch über die Wolken, dass sie mich nicht mehr sehen konnten.

Dort verwandelte ich mich in eine weiße Taube. Ganz normal. Fast schon schäbig.

Ich flog nun zurück zum Haus und sobald ich zum Fenster reingeflogen war, nahm ich wieder normale Gestalt an, halt ohne Flügel.

»Mytrill! Da bist du ja wieder! Wir haben dich schon vermisst!«, schniefte Penelothea und fiel mir um den Hals.

»Okay ... Alles in Ordnung?«, fragte ich überrumpelt und löste mich vorsichtig aus ihrem Klammergriff.

»Wir wissen nicht, was wir tun sollen! Wem sollen wir Bescheid sagen? Wegen Jack, meine ich ...« Sie schniefte.

Dann klopfte es an der Tür. »Ich glaube, dass Problem hat sich gerade selbst gelöst.«

Ich ging und öffnete. Vor der Tür stand eine abgehetzte völlig verstörte Ilse.

»Jack! Wo ... Wo ist er?«, fragte sie.

»Entschuldigen Sie, wer sind Sie?«, fragte Onkelchen hinter mir.

»Ich ... ich glaube, Jacks Freundin. Wo ist er?« Ilse spähte an uns vorbei ins Haus.

Wir schwiegen einen Moment. »Kommen Sie lieber mal rein ...«, schlug ich ihr dann vor.

Das ließ sie sich nicht zweimal sagen. Schon war sie drinnen.

»Wo ist er? Ich muss mit ihm reden! Wegen seines Briefes! Ich verstehe es nämlich nicht ...« Sie wedelte mit dem Brief.

»Nun, das sollte schwierig sein ... «, Chez unterbrach sich. Er konnte es nicht sagen.

»Er ist tot«, schluchzte Penelothea.

Ilse war wie vor den Kopf gestoßen. »Was heißt hier tot? Und ... wer seid ihr alle überhaupt?«

»Wir sind die neuen Besitzer dieses Hauses ... Jack ... Wollen Sie ... zu ihm? Wir wussten nicht, was wir tun sollten.« Das kam von Makel.

Ilse stürmte an ihm vorbei in das Zimmer und begann zu schluchzen. »Nicht jetzt! Nicht gerade jetzt, wo wir uns gefunden haben!!! Wieso?!?!« Sie weinte und schluchzte.

Nach einiger Zeit kamen Leute. Ilse hatte sie benachrichtigt. Sie wusste, was zu tun war und sie tat es.

Dann waren sie alle weg und sie hatten Jack mitgenommen.

Das Haus wirkte leer. Leerer noch, als bloß ohne Möbel, denn die Leute hatten auch die übrigen Möbel mitgenommen.

Wir alle saßen in einem Kreis auf dem Boden. Schweigend betrachteten wir den Untergrund und jeder hing seinen eigenen Gedanken nach.

Irgendwann, nach endlos wirkenden Minuten öffnete Onkelchen den Mund. »Morgen sollten wir neue Möbel kaufen. Wenn wir wie gewöhnliche Leute leben wollen, sollten wir nicht auf dem Fußboden schlafen!«, erklärte er.

»Also, heute werden wir auch nicht auf dem Fußboden schlafen!«, sagte Lyca.

»Schon klar, aber das ist trotzdem nicht normal!« Chez fuchtelte umständlich mit den Armen.

»Ich bin müde!«, erklärte Penelothea.

Makel nickte und wurde zu einem riesigen, flauschigen, platten Ding, das zwar atmete, aber eher aussah wie ein halbtotes Kissen nach einer Riesen-Kissenschlacht.

Wir alle kletterten auf ihn und legten uns schlafen. Keinem von uns fiel es leicht, obwohl wir müde waren.

Jack hatte uns gezeigt, dass wir irgendwann Abschied nehmen mussten. Abschied von Penelothea, Chez und Onkelchen.

Irgendwann ...

Bloß wann? Dieser Gedanke machte mir Angst.

Kapitel 9

Als ich am nächsten Tag erwachte, war es schon lange hell.

»Guten Morgen!«, begrüßte mich Penelothea.

Ich gähnte verschlafen.

Außer Penelothea, Makel, Lyca und mir waren alle weg. »Wo sind die anderen?«, fragte ich und kletterte von Makels Rücken. Er schrumpfte und wurde wieder zu dem gewöhnlichen Makel.

»Sie wollten Möbel kaufen. Außerdem wollten sie uns nicht mitnehmen!« Lyca zuckte mit den Schultern.

»Na ja … Mich wollten sie schon mitnehmen, aber du hast noch geschlafen.« Makel lächelte schüchtern. Wir kannten uns wirklich noch nicht besonders gut. Jetzt, wo wir endlich erst einmal Ruhe in unserem Leben hatten, kam das erst richtig zu Geltung.

»Danke«, murmelte ich unsicher und trat unruhig von einem Fuß auf den anderen.

»Und … was machen wir jetzt?«, fragte ich schließlich.

»Was möchtest du denn machen?«, kam die Gegenfrage von Lyca.

»Ich weiß nicht. Macht ihr doch einen Vorschlag!«, erwiderte ich.

Makel verzog das Gesicht und Lyca sah zu Boden.

»Ich übersetze mal!«, bot sich Penelothea an. »Entweder ist das, was sie vorschlagen würden, ihnen peinlich oder sie haben genauso viel Ahnung wie du!«

Makel verzog das Gesicht so, dass man es nicht im entferntesten Lächeln nennen konnte und Lyca wurde rot.

»Ich schätze ersteres!«, überlegte Penelothea laut.

»Schon klar! Schon klar!«, ging ich dazwischen. »Was würdest du denn gerne machen, Penelothea?«, fragte ich.

Sie errötete. »Ähm … Nun ja … Das, was ich gerne machen würde geht … zurzeit nicht. Und … ich glaube auch nicht, dass dich das interessiert …«

Ich musste mir einen Würg-Reiz verkneifen.

»Das ist ja verrückt! Sind eure Ideen wirklich so … so … nicht jugendfrei oder verstehe ich da was falsch?«

Ich hatte das Gefühl, die einzige vernünftige Person in diesem Haus zu sein, denn alle anderen erröteten schlagartig und zwar nicht vor Zorn.

Vielleicht wäre Ablenkung wirklich nicht so schlecht.

»Haben wir ein Kartenspiel oder so was?«, fragte ich. Penelothea schüttelte den Kopf. Ich seufzte.

»Also … lacht mich jetzt bloß nicht aus, aber wollen wir ›Ich sehe was, was du nicht siehst‹ spielen?«

Langsam sahen ihre Gesichter nicht mehr wie überreife Tomaten aus und schweigend nickte Makel, Lyca zuckte mit den Schultern und Penelothea lächelte mich dankbar an.

»Ich fange an!«, beschloss ich und setzte mich auf den Boden. »Ich sehe was, was ihr nicht seht, das ist grau, klein und hat kein festes Zuhause!«

Nie hatte ich das Spiel gespielt, aber ich hatte mir als kleines Kind echt schwere Fragen ausgedacht, die man überall stellen konnte, egal, wo man war.

Schon begannen sie zu rätseln. Sie errieten es nicht. Penelothea tippte auf eine Taube von draußen, Makel dachte, es sei ein Kieselstein, wie sie vor dem Haus lagen. Lyca meinte, es sei der hässliche Putzlappen, der immer irgendwo rumliegt, wo er nicht hingehört.

Sie gaben auf.

»Es ist dieses kleine Staubkorn hier!«, sagte ich und deutete auf den Boden. Sie lachten.

Dann war Makel an der Reihe. »Ich sehe was, was ihr nicht seht und das ist kupferfarben, klein und rund.«

Die Raterei machte Spaß.

Ja, ich tippte falsch, als ich riet, dass es eines der Türscharniere sei, doch Lyca wusste es.

»Eine Kupfermünze!«, sagte sie. Makel lächelte und nickte. Damit war Lyca an der Reihe.

»Ich sehe was, was ihr nicht seht, das ist dunkel, immer da und wird selbst im Wasser nicht nass!«

Zögernd machte Penelothea einen Versuch: »Der Tod?«

Lyca schüttelte den Kopf. Makel lachte erst und riet dann: »Du, stimmt's?« Doch wieder verneinte Lyca.

Sie war auch etwas empört. »Sag mal, was denkst du von mir?«, fragte sie.

Makel lächelte entschuldigend.

Dann ruhten alle Augen auf mir. Was könnte das bloß sein? Was könnte Lyca meinen?

Dunkel … Vielleicht die Nacht? Genau, die Nacht wird nicht nass! Aber immer da? Die Nacht ist nicht immer da! Aber … ihre Schatten!

»Ein Schatten!«, sagte ich. Lyca klatschte in die Hände. »Und ich dachte schon, ihr würdet es nicht herausfinden!«

»Jetzt ist Penelothea dran!«, erklärte ich. Penelothea überlegte. Dann schüttelte sie den Kopf.

»Es fällt mir einfach nichts Gutes ein!«, beschwerte sie sich.

»Lass dir Zeit!«, sagte ich. Penelothea schloss die Augen und konzentrierte sich. »Na gut … Ich sehe was, was ihr nicht seht und das ist da und doch nicht da. Es kann bleiben, aber es muss nicht. Es versteckt sich nicht, aber niemand sieht es. Was ist das?«

Gleichzeitig mit meinen Eltern rief ich: »Unsere Flügel!«

Penelothea ließ den Kopf hängen. »So offensichtlich?«, fragte sie. Wir lachten und dann lachte auch Penelothea.

Wir holten kaum Luft und ich verschluckte mich einmal fast.

»Was geht denn hier ab?«, fragte Chez. Er und Onkelchen standen plötzlich in der Tür.

Wir verstummten kurz, bevor wir weiterlachten und dann trat hinter Chez und Onkelchen ein Polizist ins Zimmer. Nun verstummten wir wirklich.

»Es tut mir Leid, Ihre Unterhaltung zu stören, aber Sie sind doch die neuen Besitzer dieses Hauses, oder?« Der Polizist musterte uns der Reihe nach.

»Können Sie denn die Besitzurkunde vorzeigen?« Der Polizist sah nun direkt Onkelchen an. Er sah ihn wohl als den Leiter unserer Gruppe.

»Ja, das können wir in der Tat!« Onkelchen holte die Besitzurkunde hervor und zeigte sie dem Polizisten.

»Sehr gut! Dann müssen Sie doch auch irgendwas von den seltsamen Vorkommnissen mitbekommen haben, die hier wohl in der Nacht gesichtet wurden!«

»Was denn für seltsame Vorkommnisse?«, schaltete sich Penelothea ein.

»Nun … Jemand hat behauptet, ein riesiges federiges Wesen gesehen zu haben. Durch das Fenster.«

»So?«

»Und jemand anderes berichtete uns von einem unheimlichen Glühen. Haben Sie eine Vermutung, was dahinterstecken könnte?«, fragte der Polizist.

»Vielleicht waren die Personen betrunken?«

»Oder sie hatten Halluzinationen?«

»Oder sie können uns einfach nicht leiden?«

»Bestimmt ein Wetterleuchten!«

»Also, wir haben nichts bemerkt!«

Der Polizist runzelte die Stirn. »Ich verstehe nicht, warum der alte Jack ausgerechnet euch sein Haus überlassen hat. Es ist nichts Persönliches, aber … Ihr seid nicht von hier und ihr seid, ehrlich gesagt, ein bisschen merkwürdig.«

Damit machte sich der Polizist vom Acker. Ich schwöre, bis eben hatte ich die Luft angehalten. Mit einem erleichterten Aufseufzen entließ ich sie aus meiner Lunge und atmete tief durch.

»Das war verrückt«, murmelte Penelothea und Chez lachte lustlos. »Was ist bei uns schon nicht verrückt? Wie hatten wir je darauf kommen können uns einzubilden, dass wir normal leben könnten?«

»Komm Chez! Bleib ruhig! Übertreib es nicht!« Onkelchen versuchte seinen Neffen zu beschwichtigen.

»Ruhig bleiben? Wie könnte ich? Bitte! Ihr müsst doch auch zugeben, dass das so nichts wird! Wir haben uns keine genauen Vorstellungen gemacht, wie genau unser »normales Leben« aussehen soll und darum müssen wir jetzt die Konsequenzen tragen! Das finde ich nicht fair!«

»Aber Chez, was sollen wir denn planen?«, fragte Makel.

»Wer arbeiten geht, wer den Haushalt schmeißt, gute Decknamen, sonstige Arbeiten und: Keine Magie!« Chez fuchtelte wild mit den Armen herum. Das hatte er nun schon oft gemacht.

»Ohne Magie sind wir aber geliefert!«, wandte Penelothea ein, machte einige Flugbewegungen und deutete dann auf uns.

Chez verdrehte die Augen.

»Das ist die einzige Magie, die sie nicht aufgeben dürfen! Nichts Unnormales! Alles ganz normal! In Ordnung?«

»Wenn du ganz normal meinst, dann …«, begann Lyca.

» … dann heißt das, dass wir auch nicht darüber sprechen und damit: Hand auf Herz! Siegel! Schicht im Schacht! Damit ist das Thema beendet!« Chez machte eine abschließende Handbewegung und seine Miene wurde ernst.

Niemand von uns sagte etwas.

Ich wollte schon was sagen, überlegte es mir dann aber anders. Dann fiel mir etwas ein, doch ich hielt die Klappe. Ich konnte es kaum ertragen, den Gedanken nicht auszusprechen, aber ich zügelte mich. Für ein paar Jährchen könnten wir hier schon wohnen ohne dass jemandem auffiel, dass meine Eltern und ich nicht älter wurden.

»Wolltet ihr nicht Möbel kaufen?«, fragte Makel dann.

Chez blinzelte kurz verwirrt und nickte dann. »Ja! Wer kommt alles mit?« Penelothea, Chez und Onkelchen machten sich schließlich auf den Weg.

Makel, Lyca und ich verweilten. Chez würde es nie merken ... Ich würde es ihm schon nicht sagen und meine Eltern bestimmt auch nicht.

Ich weiß nicht, wie ich damit umgehen soll ... Selbst wenn wir keine Magie anwenden, werden wir doch nicht sterben oder älter! Irgendwann wird das doch auffliegen und dann müssen wir weg! Nur wohin dann?, sprach ich nun den Gedanken aus.

Das ist eine schwere Frage, aber wenn du Chez' Meinung wissen willst: Jetzt ist nicht später. Jetzt ist jetzt und darin leben wir, also vergiss die Zukunft!

Lyca lächelte mich traurig an. **Ich habe ihn damals auch nicht leiden können, aber mit der Zeit gewöhnt man sich an ihn und seine ... Art ...**

Ich lächelte meine Mutter dankbar an.

Also ... Mir ist das alles nicht geheuer! Wenn irgendwas passiert? Dann dürfen wir sie nicht beschützen, oder wie? Dann sind wir ja sozusagen überflüssig! Wir können in keinem gewöhnlichen Betrieb arbeiten, ohne aufzufliegen. Außerdem sehen wir noch zu jung aus. Daher werden Chez und Onkelchen wohl diese Aufgabe übernehmen ...

Ich weiß ja nicht wie es euch geht, aber im Haushalt bin

ich nicht gerade ein Meister und wahrscheinlich wird Penelothea das machen.

Was sollen wir machen? Wir haben von der ganzen Gruppe die meiste Kraft und können trotzdem nichts anderes tun als rumsitzen. Makel ließ den Kopf hängen.

Also, ich glaube, dass mit dem normalen Leben war nicht gerade eine gute Idee …, fügte ich hinzu.

Aber es ist für die anderen sicherer und es bedeutet ihnen viel. Wir sollten auch an sie denken. Wenn sie es gerne möchten, dann bleiben wir hier, solange wir können … Aber wir müssen einen Weg finden, ihnen behilflich zu sein ohne ihnen im Weg zu stehen. Hat jemand Ideen? Lyca schien ratlos.

Ich überlegte.

Ich könnte mich auf einen Stuhl in den Garten setzten und Alarmanlage spielen …, überlegte ich. Niemand lachte. Nicht einmal ironisch.

Mir fällt nichts ein. Es ist komisch … Im normalen Leben sind wir totale Nieten! Gefängnis, Mytrill-Minen, Blitzaugen oder sonstige Gefahren … Kein Thema, aber solche leichten Sachen gehen gar nicht.

Makel seufzte und stand auf. Auch Lyca erhob sich und ich folgte ihnen auch.

»Wir hätten mitgehen sollen! Dann hätten wir ihnen helfen können, die Möbel zu tragen!«, stellte ich fest und Lyca seufzte.

»Das wäre doch aufgefallen. Sie bringen die Möbel bestimmt mit einem Karren oder so …«

»Ach ja … stimmt …«, murmelte ich und sah auf den Boden.

»Vielleicht könnten wir recherchieren!«, schlug Makel mit plötzlicher Begeisterung vor. Ich erkannte nicht, was ihn an der Idee so begeisterte.

Er erklärte: »Gehen wir einfach zu den anderen Jugendlichen! So bekommen wir Kontakte und lernen die Umgebung besser kennen! Wir sollten lernen, uns anzupassen!«

Lyca und ich waren immer noch nicht besonders begeistert von der Idee. »Ach kommt schon! Das wird bestimmt lustig!«, bettelte er.

Ich seufzte. »Ich kann kaum glauben, dass ich das mache.«

»Ich glaube, das könnte kompliziert werden, aber na gut«, gab sich auch Lyca geschlagen.

Makel schnappte sich Zettel und Stift und schrieb einen Brief. Er war nur kurz und nachdem wir unterschrieben und den Zettel deutlich sichtbar auf die erste Treppenstufe gelegt hatten, gingen wir.

»Sind recherchieren. Sind bald zurück, keine Sorge! M., L. & M.«

Wir mussten nicht lange suchen, um auf eine Gruppe von Jugendlichen zu stoßen.

Sie machten dreckige Witze, die Jungs begrabschten die Mädchen und diese gaben ein gespielt empörtes Quietschen von sich.

Makel und Lyca liefen leicht rot an. Ich wettete, dass sie gerade an etwas dachten, was ich gar nicht wissen wollte.

»Ha… Hallo!«, kam es kläglich von Makel.

Die Jugendlichen drehten sich erschrocken um. »Wer seid ihr denn?«, fragte ein äußerst hässlicher Junge mit etlichen Tattoos und Piercings. Seine Haare waren teilweise grün. Aber nicht vollkommen. Man sah, dass es gefärbt war. Besser gesagt, es sah aus, als habe man ihm auf den Kopf gekotzt.

Decknamen!!! Wir haben vergessen, uns Decknamen auszudenken!!!, erkannte Makel.

Ich mach das!, beschloss Lyca und trat vor. »Mein Name ist Lucinda! Das sind Mark und Mina! Wir sind neu hier!«

»Klar seid ihr nich von hier, sonst hättet ihr nich solche

Lumpen an!«, erklärte ein gehässig wirkendes Mädchen, deren Gesicht sehr lang und schmal war. Sie sah aus wie ein Pferd. Kein besonders hübsches Pferd, um genau zu sein, ein ziemlich krankes, hässliches Pferd.

Jetzt beschloss ich etwas zu sagen. Ich musste mich sehr zurücknehmen, um nicht irgendeine verletzende Äußerung auszusprechen.

»Wir kennen uns mit der Mode hier nicht besonders aus, aber da, wo wir herkommen, war es praktisch und komfortabel.«

»So? Komfortabel? Für was bitte? Gegen Kälte bestimmt nicht! Es ist ja alles am Rücken total zerfetzt!« Das Mädchen war etwas kräftiger gebaut und machte eigentlich einen ganz netten Eindruck, doch sobald sie angefangen hatte zu sprechen, mochte ich sie kein bisschen mehr. Ihre Stimme war schneidend, laut, keifend und anklagend. Es schwang auch ein wenig Trotz darin mit. Sie war eindeutig ein Kind, das immer genau das bekommen hatte, was sie haben wollte.

»Die Sachen sind nun auch schon ziemlich abgetragen ...«, schaltete sich Lyca ein und beendete damit aus ihrer Sicht das Klamotten-Thema.

»Also, ich weiß ja nicht ... Ihr redet irgendwie komisch. Fast wie die ollen Erwachsenen. Wie alt seid ihr eigentlich und wo kommt ihr her?«

Das war wieder der Junge vom Anfang.

»Myrotten! Und wir sind vierzehn bis fünfzehn!«, erklärte ich. Das war zumindest in meinem Fall keine Lüge. Dass Makel und Lyca älter waren und woanders herkamen, mussten sie ja nicht erfahren.

»Trotzdem seid ihr komisch ... Ihr seid ja voll verspannt! Mann! Chillt mal!« Das war von dem Typ, der gerade das kräftiger gebaute Mädchen befingerte.

Also ... ich war von Anfang an dagegen!, stellte ich klar.

Ich konnte ja nicht ahnen, dass sie so ... äh ... so ... Makel unterbrach sich.

... bescheuert, hässlich, dumm, spitzfindig, widerlich sind?, half Lyca.

Von dieser Unterhaltung bekamen die Gemeinten natürlich nichts mit. Sie sahen nur drei peinlich berührte Jugendliche, die sich komisch verhielten.

»Also ... Mina, wie bist du so freizeitlich?«, säuselte mir der gepiercte Idiot ins Ohr. Dann spürte ich seine Hand an meinem Arm. Ich zuckte unvermittelt zusammen.

»Mir ist gerade was eingefallen! Wir müssen los!« Ich sprang auf, packte meine Eltern und ergriff die Flucht. Als wir außer Sicht waren, blieb ich unvermittelt stehen. Ich sah zurück. Am liebsten hätte ich diesem Idiot einen Schuh an den Kopf geworfen.

»Solche verrückten Kerle ...« Makel schüttelte den Kopf. »Noch vor vierzehn Jahren waren die Jugendlichen völlig anders.«

Ich warf ihm einen vernichtenden Blick zu. »Hör mal, wir sind im Hier und Jetzt! Wir müssen uns der aktuellen Situation anpassen, aber zu solchen Hirnis gehe ich nicht! Ich lasse mich doch nicht von so einem ...« Ich unterbrach mich selbst und schluckte den Rest meines Satzes herunter.

»Wir sollten zurückgehen«, schlug Lyca vor.

Makel sah traurig aus. »Ach kommt schon! Es gibt bestimmt auch welche, die nicht so schlimm sind!« Makel lächelte uns bittend an.

Ich sah weg.

»Bitte lass es, es ist keine gute Idee und das weißt du auch!«, sagte Lyca.

»Biiiiiiitte!!!«, flehte Makel und parallel dazu: **Bitte, bitte, bitte, bitte!**

Lyca seufzte. »Ich verstehe überhaupt nicht, wieso du das durchziehen willst!«, erklärte sie. Sie war geschlagen.

Ich sah zu ihr und dann zu Makel und senkte den Blick. »Ich glaub es nicht ...«, murmelte ich. »Wie schaffst du es, uns so leicht aus der Bahn zu werfen?«

Makel lächelte mich an. »Ich habe meine Tricks und Kniffe!«, erklärte er.

Wir gingen also los, um einige Teenies zu finden, die nicht so bekloppt waren wie die erste Gruppe an die wir geraten waren.

Komischerweise gelang es uns auch. Wir führten sehr interessante Gespräche und erfuhren eine Menge, doch dann geschah es. Jemand namens Jasse wechselte das Thema.

»Wisst ihr das aller Neueste? Der alte Jack ist gestorben! Sein Haus hat er einer Art Wohngemeinschaft verkauft. Anscheinend sechs Personen und bei denen sollen seltsame Dinge passieren!«

»Seltsame Dinge? Dem sollten wir auf den Grund gehen!«

Makel räusperte sich. Alle drehten sich zu ihm um. »An diesem Gerücht von wegen »seltsame Dinge« ist nichts dran! Wir leben wie jeder andere auch!«, erklärte er und der Gruppe klappte die Kinnlade herunter.

»Ihr wohnt im Haus vom alten Jack?«, fragte Jasse.

Zögerlich nickten Lyca und ich. Makel bemerkte seinen Fehler zu spät und lächelte dann möglichst freundlich und normal.

Erst nachdenken, dann sprechen!, meinte Lyca und Makel lief leicht rot an. **Sorry ...**, brummte er.

»Also ist an den Gerüchten wirklich gar nichts dran?«, fragte Jasses Freundin Vuna-Belle. Sie wirkte leicht enttäuscht.

»Alles nur Gerüchte! Hat sich bestimmt jemand ausgedacht!«, meinte Lyca. Sie wirkte leicht bekümmert.

»Na, wenn ihr das sagt ...« Lenn wirkte zwar nicht sehr überzeugt, aber immerhin hatten diese Leute genug Anstand, um nicht unhöflich zu werden.

Alsbald entschuldigten wir uns und machten uns auf den Heimweg.

Wenn die wüssten, wer wir sind …, meinte ich.

Makel verzog den Mundwinkel und Lycas Gesichtsausdruck war mit einem Mal sehr alt.

Ja, wenn sie wüssten …

Weiter redeten wir kein Wort miteinander, bis wir bei unserem neuen Zuhause angekommen waren.

»Da seid ihr ja endlich!«, rief Chez als wir gerade klopfen wollten.

»Das ganze Haus ist schon eingerichtet. Ihr müsst euch jetzt euer Zimmer aussuchen. Leider müsst ihr euch eins teilen … Das ist doch nicht schlimm, oder?«

»Also eigentlich …«, begann Makel.

»Super! Wisst ihr, wie lange ihr weg wart? Ihr seid echt nicht mehr ganz bei Trost!«, erklärte er. Anscheinend ging Chez in seiner Rolle als Erziehungsberechtigter richtig auf.

Ich seufzte. »Na toll …«

Nachdem wir drinnen waren, gab es erst richtig Stunk. Chez behandelte selbst Makel und Lyca wie Kinder. Nachdem wir ihm unsere Decknamen genannt hatten, fing er erst so richtig an.

»Lucinda! Von dir hätte ich so was nicht erwartet! Und Mark … Einfach unglaublich! Wie konntet ihr das nur tun? Mina? Ihr wisst, was die Strafe für solch ein Verhalten ist? Hausarrest! Zwei Wochen!« Damit deutete er auf das einzige freie Zimmer.

In dem Zimmer standen drei Betten. Sie waren extra so gestellt, dass wir uns nicht zu nahe kommen konnten.

Also, ich hatte ja nichts gegen Erwachsene, aber das … fand ich einfach die Härte.

Wieso denkt ihr, behandeln sie uns so?, fragte ich.

Sie müssen wohl oder übel die Rolle der Eltern übernehmen … Chez und Penelothea meine ich. Oder zumindest

müssen sie unsere Erziehungsberechtigten spielen. Ich denke, Chez gefällt es, mal über uns zu stehen …, vermutete Lyca.

Ich finde es bescheuert! Er behandelt uns wie Kinder, dabei sind wir gleichalt! Makel rollte sich in seinem Bett auf die andere Seite.

Ich zog mir die Decke über die Nase und Lyca starrte mit ernstem Gesichtsausdruck auf einen Punkt an der Decke.

So was von unkooperativ und primitiv …, murmelte sie.

Ich seufzte und faltete die Hände hinter dem Kopf. **Ich glaube für euch zwei ist es schlimmer als für mich!**, erklärte ich.

Makel nickte und Lyca lächelte traurig.

Ich wünschte wir würden weiterziehen …, murmelte ich dann geistesabwesend.

Ich bin gar nicht müde und ich kenne mein neues Leben noch gar nicht richtig … Jetzt ist es mir auch noch verboten, es auszukosten!

Makel stand jetzt auf und ging zu mir. Er setzte sich auf meine Bettkante.

Schon verrückt, hm?, fragte er.

Das kannst du laut sagen!, seufzte ich.

Wisst ihr was? Lyca sprang auf. Sie schien auf eine Idee gekommen zu sein. **Wir sollen doch die Rolle der Teenager spielen! Und was würden die Teenager dieser Stadt in solch einer Situation machen?**

Sie sah uns an als müssten wir die Antwort schon kennen und bevor irgendjemand noch irgendwas sagen konnte, platzte sie mit der Antwort heraus:

Sie hauen ab! Durch das Fenster! Auf und davon!

Ich widersprach ihr. **Aber dieses Fenster ist im zweiten Stock!**

Das war für uns bis jetzt nie ein Problem!, erklärte sie.

Aber wir müssen versuchen normal zu sein!, widersprach Makel.

Und es ist normal für uns! Uns zu verstellen ist für uns unnormal und wir sollen uns ja eben normal verhalten!!! Lyca hatte die Tatsachen bis aufs Äußerste verdreht, aber so wie sie die Sache darlegte, ergab es durchaus einen Sinn ...

Wir klettern einfach raus! Uns wird schon nichts passieren! Normalerweise war Makel der Optimist und Lyca die Zweiflerin, das hatte ich begriffen, doch anscheinend verlangten ungewöhnliche Situationen ungewöhnliche Handlungen.

Na gut!, gab ich mich geschlagen und auch Makel nickte.

Also begannen wir mit unserem Kletterakt durchs Fenster.

Es dauerte nicht lange. Lyca kletterte voraus und sobald sie außen an der Hauswand hing, ließ sie los. Sie landete auf den Füßen.

Dann ging sie aus dem Weg und Makel kletterte raus. Er folgte Lyca und landete ebenfalls auf den Füßen.

Ich war nicht so geschickt. Langsam kletterte ich aus dem Fenster. Meine Hände fanden keinen Halt und ich fiel vorne über durch das offene Fenster. Ich musste einen spitzen Schrei unterdrücken. Schließlich landete ich auf dem Hintern.

»Aua ... «, brummte ich leise. Makel und Lyca halfen mir auf.

Und wohin jetzt?, wollte Makel wissen. Lyca zuckte mit den Schultern. **Ist doch egal, Hauptsache, erst mal weg!**

Und somit liefen wir die Straße entlang. Wir sahen immer wieder zurück und dann stießen wir mit jemandem zusammen.

»Entschuldigung ... «, murmelte ich und rieb mir den Kopf. Erst dann sah ich auf. Vor Lyca, Makel und mir standen Jasse und seine Gruppe.

»Ich dachte, ihr wolltet heim!«, stellte er fest.

Lyca schmunzelte. »Die behandeln uns wie Kleinkinder!«, erklärte sie, was ja keine Lüge war.

Jasse lachte. »Ist ja unglaublich! Und ich dachte schon, ihr wäret wirklich irgendwie außergewöhnlich! Keine Sorge, ihr drei, das ist total normal! So sind Erwachsene immer!«

»Wirklich?«, fragte Makel. Er war sich anscheinend nicht sicher, ob er sein Verhalten ebenfalls ändern sollte.

»Sicher sind die immer so! Wenn es nach ihnen ginge, müsste man jedem nicht Erwachsenen einen Peilsender verpassen!« Vuna-Belle lächelte uns an. »Darum ist es auch viel cooler, noch nicht so steinalt zu sein und noch genau zu wissen, was abgeht!«

Makel und Lyca lächelten peinlich berührt.

»Ab wann ist man denn ... ›steinalt‹?«, fragte Makel.

Lenn überlegte kurz und zuckte dann mit den Schultern. »Wenn man so Ende zwanzig ist! Ab da sieht man einen Teenie nicht mehr als Teenie, sondern als ›Kindchen‹!«, erklärte er dann.

Miriam nickte aufgeregt. »Und das ist nicht mal alles! Dann achten sie auch auf so Sachen wie: ›Finanzen‹ oder ›gesunde Ernährung‹! Das ist meiner Meinung nach totaler Quatsch!«

»Macht mal halblang! Ich glaub, ihr überfordert die drei! Sagen wir's mal so: Jemand, der kein Teenie mehr ist, ist ein Erwachsener. Und man ist auch kein Teenie mehr, spätestens nachdem man Kinder hat!« Jasse grinste breit.

»Somit gehören wir alle noch zum Kreis der Teenies!«, erklärte er.

Makel und Lyca hatten einige Probleme, nicht rot zu werden. Nach der Erklärung von Jasses Gruppe war ich demnach die einzige Teenagerin von uns dreien, obwohl meine Eltern auch wie welche aussahen.

»Mark! Lucinda! Mina! Ich glaube es nicht! Kommt sofort rein!«, rief Chez hinter uns.

Ich seufzte. »Das gibt Ärger ...«

Makel schüttelte den Kopf.

»Verdammt ...«, brummte Lyca.

»Was wartet ihr denn da noch! Ich habe sofort gesagt!« Chez kam nun auf uns zu.

»Also ... wir lassen euch dann mal alleine!« Jasse und seine Gruppe machten sich aus dem Staub.

»Was fällt euch ein! Um diese Uhrzeit hier draußen ...«, begann Chez.

»Es reicht!«, unterbrach ihn Lyca. »Du behandelst uns wie unzurechnungsfähige Kinder, aber du weißt, das sind wir nicht!«

»Ob oder ob nicht! Auf jeden Fall benehmt ihr euch wie welche!«, erklärte Chez.

»Jetzt kommt endlich rein!«

»Nein!« Lyca verschränkte die Arme.

»Wir versuchen schon so gut wie möglich zu helfen, aber ihr scheint das wohl nicht zu verstehen! Ich dachte, wir wären Freunde, aber das scheint sich geändert zu haben als wir anfangen mussten, uns anzupassen!« Auch Makel verschränkte die Arme.

»Aber ich bin nun mal ein Erziehungsberechtigter!«, widersprach Chez.

»Verdammt! Es ist nicht mehr witzig! Wenn du möchtest, dann bleib doch hier, aber wir machen uns wieder auf den Weg! Das hier ist nichts für uns!« Nun verschränkte ich die Arme.

»Das meint ihr nicht ernst, oder? Wieso sagt ihr so was?« Chez klang gar nicht mehr wie unser Erziehungsberechtigter.

»Weil wir uns nicht anpassen können! Es tut uns wirklich leid, aber wir wären früher oder später sowieso aufgeflogen! Für euch ist es wahrscheinlich besser, wenn ihr hier bleibt, aber wir gehören nicht in die Gesellschaft von Menschen!«

Wir drehten uns um. In diesem Moment spürte ich einen

Stich in der Magengrube. Ich sah geradeaus. Jasses Gruppe stand da mit entsetzt geweiteten Augen und direkt vor ihnen, mit der Armbrust auf mich deutend, stand John.

»Jetzt seid ihr geliefert!«, lachte er.

»Was … Was haben sie mit Mina gemacht? Wieso … haben sie sie umgebracht?!« Das war Vuna-Belle.

»Mina? Dieses Wesen dort ist weder tot noch heißt es Mina!«, erklärte John und schoss einen weiteren Pfeil auf mich ab. Ich taumelte ein wenig zurück und starrte zu Boden.

In meiner Hand manifestierte sich Mybanna.

Ich ignorierte die Pfeile in meinem Bauch. Es würde nur später schmerzhaft werden.

»Was zum …«, begann Jasse.

Makel und Lyca stellten sich vor mich. John schoss den nächsten Pfeil ab, den Makel in der Luft fing.

»Verschwinde!«, zischte Lyca. In ihrer Stimme klang der Unterton einer Schlange und die Spannung in der Luft war deutlich zu spüren.

»Was geht hier vor?«, fragte Miriam entsetzt. »Ich glaube, hier ist etwas ganz gewaltig faul!« Lenn kratzte sich am Kinn.

»Das was ihr hier seht, sind wahrhaftige Monster! Die schlimmsten überhaupt!«, lachte John und schoss einen weiteren Pfeil ab.

Es war zu spät, irgendwas zu retten. Ich faltete die Flügel aus und erhob mich in die Lüfte.

Jasse und seine Gruppe starrten mich ungläubig an.

Ich richtete Mybanna auf John.

Auch Makel und Lyca breiteten nun ihre Schwingen aus. Sie erhoben sich zu mir in die Luft.

»Oh nein …«, hauchte Penelothea, als sie sah, was geschah. Ich brauchte mich nicht umzudrehen, um zu wissen, dass sie Tränen in den Augen hatte.

»Du brauchst dir nicht die Mühe machen und uns angreifen! Wir hatten eh gerade vor, zu gehen!«, fauchte ich.

John schüttelte lachend den Kopf. »So leicht lasse ich euch doch nicht gehen! Euch kann ich zwar nichts antun, aber euren kleinen menschlichen Freunden! Die Verräter! Wie wäre es! Ich mache ihnen ein kleines Geschenk!« Damit schoss John einen Pfeil in Richtung Penelothea ab. Ich warf mich vor sie.

Dann flog ein Pfeil in Richtung Chez, der von Makel geblockt wurde.

Als Onkelchen von dem Lärm aufgeschreckt aus dem Fenster spähte, hielt Lyca den entsprechenden Pfeil auf.

»Ihr könnt nicht überall zugleich sein!«, rief John schadenfroh und richtete seine Armbrust auf Jasses Gruppe. Diese schrien entsetzt auf.

»Ich krümme niemandem sonst ein Härchen, wenn ihr euch anstandslos in dem Käfig vor der Stadt einfindet!«, erklärte John lachend.

»Du bist genauso widerlich wie deine Eltern!«, erklärte Makel. John lachte. »Wollt ihr, dass sie sterben?«, fragte er und lud die Armbrust. Vuna-Belle begann zu weinen.

Wir gaben unsere Kampfpositionen auf. Ich ließ Mybanna verschwinden.

Wir ließen die Flügel und Köpfe hängen und liefen in Richtung Tor, wo ein riesiger Mytrill-Käfig wartete.

Hinter unseren Rücken hörte ich unsere »menschlichen Freunde« schluchzen. »Ich dachte, Monster wären gemein, aber gemein war nur dieser komische Mann mit der Armbrust! Mina, Mark und Lucinda haben uns gerettet ...« Jasse schluckte.

»Ja, die drei sind schon was Besonderes ...«, flüsterte Onkelchen.

»Was wird jetzt mit ihnen gemacht?«, fragte Miriam.

»Er kann ihnen nichts antun!«, schluchzte Penelothea.

»Ich glaube ... das muss ein Traum sein!« Lenn schüttelte wohl den Kopf.

»Könnt ihr das, was ihr eben gesehen habt, bitte für euch behalten?«, fragte Chez mit brüchiger Stimme.

»Aber wir müssen sie doch irgendwie da rausholen!«, rief Jasse.

Ich wusste, dass Penelothea den Kopf schüttelte. »Die kommen alleine zurecht ... Das sind sie schon immer ...«

Kapitel 10

Nachdem wir in dem Käfig waren und nachdem John die Gittertür hinter uns zugeworfen hatte, lachte er so hämisch ...

Ich hatte ein richtig schlechtes Gefühl in der Magengrube ... Apropos Magengrube: Ich spürte, wie Mybanna in mir kämpfte. Wie aus den drei Pfeilspitzen Waffen wurden ...

Ich schloss meine Flügel über mir zu einem undurchdringlichen Schild und zog die ehemaligen Pfeilspitzen aus meinem Bauch. Sie alle sahen Mybanna sehr ähnlich, doch sie waren mehr wie Degen.

Drei neue Schwerter aus reinem Mytrill. Ich atmete tief durch.

Mytrill? Ist alles in Ordnung?, fragte Lyca. Ich nahm die Flügel zurück. **Es geht ... Ich bin nur etwas ... durch den Wind ...**, antwortete ich.

Was ist denn das?, fragte Makel, als er die Schwerter sah.

Ich begriff mit einem Mal. Ich konnte zu Mybanna werden ... Also konnte ich nun auch zu diesen Schwertern werden.

Und das hieß: Ich konzentrierte mich ganz fest. Ja, es gab eine Verbindung zwischen mir und diesen Schwertern.

Was ihr hier seht, ist ein Fluchtplan!, stellte ich fest.

Keine Ahnung, wie kompliziert dein Plan auch sein mag, aber es gibt auch einfachere Wege hier zu entkommen ... Aber wenn wir fliehen, schadet er vielleicht den anderen irgendwie! Lyca lächelte traurig. Ich seufzte.

»Was haben wir denn hier?«, fragte John. Auch er hatte nun die Schwerter erblickt.

»Her damit!«, forderte er. Meine Augen weiteten sich. Nein, ich durfte nicht zulassen, dass die Schwerter in die falschen Hände fielen!

Also lächelte ich breit und kam mit den Schwertern auf John zu. Sofort reagierte er ablehnend.

»Momentmal! Es ist bestimmt eine Falle! Lass die Dinger ja, wo sie sind!«, befahl er.

Ich ließ die Mundwinkel fallen, aber innerlich jubelte ich.

Es wurde Tag und langsam zeigte sich meine Müdigkeit. Ich gähnte. **Ich denke ... Wir sollten schlafen**, überlegte ich. Lyca und Makel stimmten mir zu. Wir rollten uns in unseren Flügeln ein und schliefen weitgehend ungestört.

Es dauerte einige Zeit, bis ich erwachte. Irgendwas piekte meine Flügel. Ich öffnete sie und sah eine lange Metallstange, mit der John versucht hatte, mich wach zu rütteln.

Er grinste mich verschwörerisch an. »Die Schwerter sind spitze und du wirst mir sofort sagen, wo ihr sie her habt!« Meine Augen weiteten sich und ich schluckte. Anscheinend hatte er die Schwerter an sich genommen, während wir geschlafen hatten.

»Ich sage dir gar nichts!«, zischte ich.

John gab jemandem einen Wink. Es klickte. Um mich herum stand eine ganze Herde von Blitzaugen, die Armbrüste auf mich gerichtet hatte.

»Ich weiß, dass dich das nicht verletzen kann, aber angenehm ist es trotzdem bestimmt nicht!« Er lachte mich aus. Wo waren Makel und Lyca? Auf jeden Fall nicht hier, denn ich war in einem Einzelkäfig.

»Und weißt du, was das Schlimmste an diesen Pfeilspitzen ist? Sie sind aus Mytrill!«, er lachte, ich fauchte.

»Du bist das ekelerregendste Kriechtier, das die Natur zustande gebracht hat!« Ich zog die Flügel eng an den Körper.

Nachdem John meine Beleidigung verstanden hatte, verschluckte er sich an seinem eigenen Lachen.

Er runzelte die Stirn. »Feuer«, sagte er, wie ganz nebenbei und ich wurde getroffen. Wie oft, war mir nicht klar. Ich schrie vor Entsetzen auf. Ich taumelte hin und her und landete schließlich auf dem Boden. Meine Augen waren mit Tränen gefüllt.

»Widerlicher Abschaum der Unterwelt ...«, presste ich zwischen zusammengebissenen Zähnen hervor.

»Ach! Hast du immer noch nicht genug? Keine Sorge, wir haben Zeit und Material! Feuer!«

Noch eine Salve von Pfeilen. Ich hielt mir die Hände über den Kopf.

Ich rührte mich nicht.

Ich hörte nichts mehr und ich spürte nichts mehr, nur meine eisigen Tränen. Mein Blick wurde rot. Rot wie Feuer oder Blut ... Nein, rot wie blankes Mytrill! Es tat einen Blitz und ich merkte, wie meine Sinne schwanden.

»Was zum ...«, keuchte John.

Ich blickte auf. Mein Blick war genährt von Abscheu und Hass.

John begann plötzlich zu lachen. »So ist das also! Na, das ist ja besser, als ich zu glauben gewagt hatte! Feuert so lange auf sie, bis ihr keine Pfeile mehr habt und kein Mitleid!«

Mir wurde schwarz vor Augen ... Nein, ich gab meine Gestalt auf. Ich wurde zu den Schwertern. Jedes war ein Teil von mir. Meine ursprüngliche Gestalt verpuffte in Rauch. Mybanna, mein Herzstück, schwebte glühend in der Mitte tausend rotierender Schwerter.

»**Eine Waffe ist nur so gut wie ihr Schmied!**«, erklang meine Stimme. War es wirklich meine Stimme? Ich wusste es nicht mehr, aber John war entsetzt.

»**Und wenn der Schmied es mit seiner Seele schmiedet, dann IST das Schwert seine Seele!**« Damit verschwanden alle Schwerter im Inneren von Mybanna und um sie herum flackerte das Licht und meine Gestalt erschien wieder.

»Ihr könnt mich tausendmal töten, meine Seele tausendmal

in Stücke reißen, aber so werde ich nicht geschwächt, so werde ich stärker!«

John war entsetzt. »Verdammt! So was gibt's doch gar nicht!«, fluchte er.

Dann flohen alle. John mitgerechnet. Übrig blieb nur ich, in einem kleinen Käfig, in einem Raum, dessen Ausmaße winzig zu sein schienen.

Ich schritt durch die Gitterstäbe. Sie waren nicht stark genug. Hinter mir fiel der Käfig in sich zusammen.

Die Tränen liefen mir immer noch über die Wangen. Wo waren meine Eltern? Gemeinsam mussten wir fliehen! Irgendwohin … wo uns niemals jemand finden konnte.

Niemand!

In meinen Händen materialisierten sich Mybanna und ein anderes Schwert. Die Tür war kein Hindernis und die folgenden Räume ebenso wenig.

Wohin, wohin sollte ich wohl gehen? Wo würde ich meine Eltern finden?

Wo seid ihr?, fragte ich.

Mytrill? Bist du in Ordnung? Wir suchen dich! Wo bist du?, kam Lycas Antwort.

Ihr seid auch frei? Dann sollten wir uns draußen treffen!, schlug ich vor und schlug eine andere Richtung ein.

Ich rannte so schnell ich konnte. Der Gang, dem ich folgte, schien sich wie eine Schlange zu winden.

Trotzdem gab ich die Hoffnung nicht auf. Ich schloss also die Augen und ließ mich von Mybanna leiten.

Ich rannte. Nirgendwo stieß ich gegen eine Wand oder ein sonstiges Hindernis und dann hörte ich Schritte. Ich öffnete die Augen und sah Makel und Lyca auf mich zukommen.

»Mytrill!!!«, riefen sie beide überglücklich und fielen mir um den Hals.

Wieder bildeten sich Tränen in meinen Augen, doch ich blinzelte sie weg, bevor meine Eltern sie sehen konnten.

»Hauen wir besser erst einmal ab von hier! Dieser Ort ist mir nicht geheuer!« Ich versuchte meine Stimme hart klingen zu lassen, doch sie klang gespannt und gleichzeitig vibrierend wie eine Bogensehne nach dem Abschuss eines Pfeils.

Meine Eltern waren zum Glück taktvoll genug, um nichts zu sagen.

Sie nickten und dann rannten wir auch schon den Gang entlang. Wir rannten und rannten. Eine Ewigkeit schien es zu dauern.

Der Gang zog sich unendlich vor uns und wir rannten unermüdlich. Mit der Zeit schien eine gewisse Eintönigkeit von mir Besitz zu ergreifen.

Pit, pat, pat, pat, pit, pat, pat, pat, pit, pat, pat, pat …

Keine Ahnung, warum sich unsere Schritte in meinen Ohren so anhörten, aber es war ein monotones Klatschen wie von jemandem, der barfuß und mit nassen Füßen über einen gepflasterten Weg huschte.

Ich merkte, wie mein Blick glasig wurde und meine Sicht, verschleiert von einem unsichtbaren Schleier, ihre Schärfe verlor.

Von außen schienen schwarze Schatten in mein Blickfeld zu drängen und eine Übelkeit erfasste mich, die zu überwältigend war, um sie zu beschreiben.

Kurz: Ich hatte einen Blackout und kippte um wie ein alter Kartoffelsack.

Ich hörte Stimmen, ich sah Schatten, alles war rot wie Mytrill und inmitten dieses Rotes war eine hellblaue Spur, der ich folgte. Die Spur führte zu einer Wand, aber die Wand war mir egal. Das war doch eh nur ein Traum!

Ich rannte also mit voller Wucht dagegen.

Dann schlug ich die Augen auf und sah, dass ich mich im Freien befand.

»Mytrill? Alles in Ordnung?« Das war Lyca. Ich sah zurück und direkt durch eine eingestürzte Wand.

»M … Mir geht's gut … glaube ich … Was ist passiert?«

Lyca wollte schon zu einer Erklärung ansetzen, als Makel sie unterbrach. »Wir sollten erst einmal wirklich von hier verschwinden, bevor wir mit Erklärungen beginnen! Diese Verrückten können jeden Augenblick zurückkommen!«

Wie auf ein unsichtbares Zeichen kamen Schritte den Gang entlang in dem Makel und Lyca immer noch standen.

Wir breiteten die Flügel aus und erhoben uns in den bereits nachtschwarzen Himmel.

»Es ist noch lange nicht zu Ende! Nein, es hat gerade erst begonnen! Jetzt werdet ihr uns erst richtig kennenlernen!«, rief John uns nach. Irrte ich mich oder schwang ein Hauch von Unsicherheit in seinem Ton mit?

»Lieber eine Horde Blitzaugen im Rücken als die Gefängnisgitter im Blick!«, lachte Makel. Lyca schubste ihn und er torkelte in der Luft etwas zur Seite.

»Was denn?«, fragte er an sie gewandt, lächelte aber dabei.

»Also, ich brauch keins von beidem!«, erklärte ich und seufzte.

»Das kann ich nachvollziehen!« Lyca seufzte ebenfalls.

»Versucht es doch mal positiv zu sehen! Wir sind entkommen!« Lyca und ich blickten Makel mit jeweils einer hochgezogenen Augenbraue schräg an.

Er seufzte. »Hey, seid nicht gleich sauer! Ich habe nur versucht, die Stimmung zu heben! Außerdem, Mytrill, nimm dir nicht nur ein Vorbild an deiner Mutter, sonst wirst du irgendwann genauso ein Miesepeter wie sie!«

Mit diesen Worten wich er Lycas Faust aus. »Komm sofort wieder her!«, schimpfte diese. Ich schüttelte den Kopf.

Meine Eltern verhielten sich ja tatsächlich wie zwei kleine Kinder. »Ruheeeeee!«, rief ich und ging dazwischen.

»Wie alt seid ihr? Vier?«

Lyca blinzelte verwirrt. »Hat das wirklich so kindisch ausgesehen?«, fragte sie dann und runzelte die Stirn.

Ich nickte.

Makel lachte. »Wir werden sowieso immer jünger geschätzt als wir sind!!!«

»Na und? Dann solltet ihr euch doch umso erwachsener benehmen! Ich kann manchmal echt nicht glauben, dass ihr tatsächlich meine Eltern seid!« Ich stemmte die Fäuste in die Hüften.

Lyca wurde rot und blickte runter auf den weit entfernten Boden. Makel grinste beschämt. »Ach, stimmt ja … Vergesse es auch manchmal.«

Ich verdrehte die Augen. »Das sieht euch ähnlich, dabei kenne ich euch noch gar nicht einmal lange genug, um das sagen zu können! Versteht ihr das?«

»Fliegen wir weiter!«, wechselte Lyca das Thema. Ich seufzte und folgte ihnen dann.

Warum bloß waren meine Eltern so peinlich?

Egal, wenn die Leute uns sahen, dachten sie sowieso, dass wir Geschwister wären oder so was in der Art …

»Wo wollen wir überhaupt hin?«, fragte Lyca plötzlich. Wir stoppten jäh.

»Eine sehr gute Frage, was meinst du, Mytrill?« Makel drehte sich zu mir um.

»Hey! Ihr seid die Erziehungsberechtigten, zieht mich da nicht mit rein!«, versuchte ich mich zu verteidigen.

Makel lachte. »Na meinetwegen! Fliegen wir zurück zu den anderen!« Makel wollte schon losfliegen.

»Nein!«, sagte ich und Makel und Lyca stockten.

»Ich dachte, du wolltest dich da raushalten?«, fragte Makel und grinste mich an.

»Klar, aber ist euch nicht klar, was für einen katastrophalen

Fehler ihr damit machen würdet? Wir würden doch nur wieder die ganze Zeit wie Kleinkinder behandelt werden bis John wieder auftaucht und uns wieder einfängt.« Ich gestikulierte wild mit den Armen während ich einige Argumente zusammenfasste.

Lyca nickte. »Stimmt! Und wir sind sowieso enttarnt. Abschied hätten wir eh irgendwann von den anderen nehmen müssen ... Wahrscheinlich ist es am besten, wenn wir unsere Mission weiterführen und die Monster warnen!«

»Irgendwie hab ich das Gefühl, dass wir am meisten in der Patsche stecken und nicht die anderen Monster ...« Makel kratzte sich am Kinn. Lyca seufzte und ich klatschte mir die flache Hand gegen die Stirn.

»Trotzdem sollten wir das tun, was die Blitzaugen und John am wenigsten von uns erwarten würden!« Lyca erklärte ganz langsam.

Makel verdrehte die Augen. »Ich bin nur gerade etwas aufgedreht, aber darum brauchst du mich nicht gleich aufzuziehen!«

»Also, ich für meinen Teil gehe jetzt! ... Fliege jetzt!«, erklärte ich und drehte mich um.

So geschah es, dass ich die Leitung der Gruppe übernahm und ich führte uns erst einmal in ein Gebiet, in dem uns kein Blitzauge je erwartet hätte.

»Wieso weißt du, wo die Blitzaugenhochschule steht?«, fragte Makel. Lyca lächelte verlegen. »Sie hat mich gefragt!«

»Hier war bestimmt seit Jahren niemand mehr! Alles nur noch ein altes verrottendes Gebäude.« Meine Füße berührten den überwucherten Boden.

Makel sah sich panisch um. »Ich bin hier trotzdem nicht gerne ... Das ist einfach zu gruselig.«

»Sei kein Baby!« Lyca klopfte ihm auf den Rücken unter den Flügeln und grinste ihn dann schelmisch an.

»Ha, ha! Auf welcher Seite stehst du eigentlich?«

Wir ließen unsere Flügel verschwinden, bevor wir unseren Weg fortsetzten und uns ins Innere der ehemaligen Schule für Blitzaugen aufmachten.

»Hast du ein Geräusch gehört?«

»Coach Julius, das ist der Wind!«

»Ich schwöre, es sind Monster!«

»Jetzt beruhigt euch, Natalie, Julius! Ihr beiden! Hier ist nichts und wenn hier etwas wäre, dann müssten wir leise sein, um es nicht auf uns aufmerksam zu machen!«

»Bist 'n guter Junge, Rikky!«

»Coach Julius! Ich bin jetzt erwachsen! Kapiert?«

»'N junger Hüpfer bist du trotzdem!«

Wir waren wie erstarrt, während wir dem Gespräch lauschten.

Coach Julius, Natalie und Kuff kuff …, sagte Lyca wortlos. Ihre Lippen bewegten sich tonlos.

Was machen sie hier? Makels Atem ging sehr schnell.

Anscheinend ist Rikky oder Kuff kuff hier wegen seiner Verletzung. Coach Julius soll wohl ein Therapie-Fall sein und Natalie muss sich um beide kümmern, zählte ich auf.

So ist es bestimmt, aber wieso ausgerechnet hier und … Ich meine wirklich: Wieso hier!? Makel drückte sich gegen die Wand, um mit den Schatten zu verschmelzen.

Ich bin der Ansicht, dass sie genau wie wir gedacht haben: Hier kommt doch eh niemand her, verstecken wir uns an diesem gottverlassenen Ort. Lycas Ausdrucksweise beeindruckte mich gewissermaßen.

»Da! Ich habe schon wieder was gehört! Das kann gar nicht der Wind sein! Wind hör ich oft, aber das ist ein Monster!«

»Oder ein kleines verängstigtes Flinkhörnchen, so wie letztes Mal.«

»Vielleicht ist es aber dieses Mal eine Maus, oder vielleicht sogar eine Ratte!«

»Macht ihr euch über mich lustig?«

»Wie kämen wir denn dazu?«

»Dann ist ja gut! Und jetzt seht endlich nach! Ich wette um mein Abendessen, dass es ein Monster ist!«

Jetzt wurden wir wirklich hellhörig. **Vielleicht sollten wir die Gestalt ändern!**, schlug ich vor.

Ich fing auch gleich damit an und wurde zu einer Maus.

Lyca verwandelte sich ebenfalls. Sie wurde zu einem Wesen, das ich zwar nie persönlich gesehen hatte, aber aus meinen Büchern als Flinkhörnchen identifizierte.

Makel dagegen war wie festgefroren.

Makel?, fragte Lyca.

Er rührte sich nicht. Doch, er zitterte.

Makel!, rief ich und dann kamen drei Gestalten durch eine halb zerfallene Tür. Ein älterer Mann, ein jüngerer Mann, der wie ein Grufti aussah, und eine junge Frau, die offensichtlich, ihrem Erscheinungsbild nach zu urteilen, am falschen Ort war. Zumindest sah sie aus wie eine dieser Theatertussen, was nicht heißen soll, dass die alle blöd sind, ganz im Gegenteil.

Zuerst bemerkten sie Lyca. Sie war nun ebenfalls wie erstarrt. »Was sag ich? Ein Flinkhörnchen!« Die Frau stemmte die Fäuste in die Hüften.

»Und eine Maus!«, sagte der humpelnde Grufti und deutete auf mich.

»Und ein Monster!«, entgegnete der ältere Mann und zeigte auf Makel.

Die Frau, Natalie, sog die Luft hörbar ein, der Grufti, Rikky oder Kuffkuff, gab einen erstickten Schrei von sich und der ältere Mann, Coach Julius, lachte gellend auf.

»Diese Art von Monster kenne ich doch! Die schlimmste Sorte überhaupt! So sieht man sich also wieder, Makel! Interessant, dass du dich verwandelt hast, um immer noch jugendlich zu wirken, aber egal! Jetzt trittst du deinem Schöpfer gegenüber!« Coach Julius lachte wieder und wieder während er ein Mytrill-Schwert zutage förderte.

Makel rührte sich noch immer nicht.

»Nach all diesen Jahren!!!«, schluchzte Natalie. »Damals war ich so … Doch jetzt!!!«

»I … Ich habe gedacht … er wäre schon vor Jahren …« Kuff kuff schluckte.

Coach Julius holte wie ein Irrer mit dem Schwert aus, doch nun ging Lyca dazwischen.

Sie sprang dem Coach direkt ins Gesicht. Dieser warf sie von sich und noch im Flug nahm Lyca wieder normale Gestalt an.

Coach Julius stöhnte und Natalie bekam nun Angst. Kuff kuff stützte sich gegen die Wand.

»Lyca …« Coach Julius schüttelte den Kopf. Dann wurde sein Blick entschlossen und er richtete ihn wütend auf Lyca.

»Ich hätte es wissen müssen! Damals …« Coach Julius lachte. »Ich werde es euch Biestern heimzahlen!«

Lyca breitete die Schwingen aus und hielt sie schützend vor Makel. Sie waren zwar unsterblich, aber ich konnte mir vorstellen, dass es trotzdem sehr wehtat.

Ich quiekte, doch niemand beachtete mich.

Ich quiekte ein weiteres Mal und begann wie ein Gummiball auf und ab zu hüpfen.

Immer noch keine Reaktion.

»Hallo! Ignoriert mich nicht einfach!«, rief ich entrüstet. Diesmal ignorierte mich tatsächlich niemand.

»Was zum …«, fluchte der Coach.

Ich nahm meine normale Gestalt an.

»Aber wie … Was …« Natalie versteckte sich hinter der Salzsäule namens Kuff kuff.

Makel entspannte seine Haltung ebenso wie Lyca.

»Was habt ihr denn plötzlich? Eben habt ihr doch noch große Sprüche geklopft!« Was mich da ritt, war der blanke Übermut und ich fand es toll. Ich grinste.

»Wer zum Geier bist du?«, fragte Julius und richtete das Schwert abwechselnd auf meine Eltern und auf mich. Wir hatten die drei Blitzaugen eingekreist.

»Das ist doch Schnee wie Regen! Nur eines ist wichtig!« Ich grinste sehr breit.

Coach Julius schluckte. »Dass ihr uns nicht bei eurem blöden Sohn John verpetzt, Kuff kuff und Natalie! Hab schon viel von euch gehört und von Ihnen auch, Coach Julius!«

Die Blitzaugen waren verwirrt. »I… Ihr kennt John?« Natalie zitterte.

Ich zuckte die Schultern. »Wir kennen viele! Wir kennen Leute und Geheimnisse! Nichts ist vor uns sicher!«

Jetzt übertreibst du aber!, warnte mich Lyca.

»Wir sind sozusagen Geheimagenten oder Spione!« Wieder wurde mein Grinsen breiter.

Bist du noch recht bei Trost? Haben dich deine Pflegeeltern so schlecht erzogen? Makel klang wütend.

Mein Lächeln verschwand auf der Stelle und ich wusste, dass es einer finsteren Fratze Platz machte.

Ich sah die Welt rot. Rot mit blauen Spuren. Auswege aus schrecklichen Situationen …

Und ich schrie und hielt mir die Ohren zu, während ich in mich zusammensank.

»Was zum …«, begann der Coach wieder zu fluchen und hielt sich dann ebenfalls die Ohren zu. Auch die restlichen Blitzaugen und meine Eltern folgten seinem Beispiel, bis ich mich ausgeschrien hatte und mit gesenktem Kopf auf dem Boden hockte.

Mytrill? Ist es wirklich so schlimm, was ich gesagt habe?, fragte Makel vorsichtig.

Ich war immer alleine ... Dabei hättet ihr da sein müssen ... Wieso wart ihr es nicht?!?! Ich hielt mir wieder die Ohren zu, aber ich schrie nicht, nein, ich weinte und zwar bitterlich.

»Was ist hier, verdammt noch mal, los?!?!«, schrie Julius. Anscheinend hatte selbst er keine Antwort darauf.

»Wer bist du und warum seid ihr hier?« Das war Natalies zittrige Stimme.

Kuff kuff fummelte umständlich an seinem Gürtel herum, an dem ein Mytrill-Dolch hing.

»Das wird dir nichts nützen«, sagte ich langsam und direkt an Kuff kuff gewandt.

Er blickte erschrocken in meine Richtung und zog endlich den Dolch.

»Du brauchst es nicht zu versuchen, mir ist das Lachen vergangen. Ich werde kein Theater mehr spielen. Wenn du es nach mir wirfst, klar, könnte ich da umkippen und so tun, als würde es mir etwas ausmachen!« Ich rappelte mich wieder auf. Ich wusste genau, dass sie alle es sahen. Meine Tränen, die waren rot, rot wie Mytrill.

»B ... B ... Blut?«, stotterte Coach Julius irritiert.

»Oh, nein!«, sagte ich und merkte, wie die Tränen verschwanden, einfach im Nichts.

»Was zum ... « Das war ausnahmsweise nicht der Coach oder ein anderer von den Blitzaugen, das war Makel.

Natalie drehte sich verwundert zu ihm um. »Hä?«, fragte sie.

»Was ist hier los?« Kuff kuff war verängstigt.

»Ihr wisst doch noch gar nichts vom Leben, dabei lebt ihr nun schon so lange! Doch ihr seid immer nur darauf bedacht zu töten! Wollt ihr was wissen? Die Zeit passt sich den Umständen an und unsere Zeit hat eine ganz besondere Ausnahme gemacht!« Mybanna erschien in meiner Hand. Von ihr aus wurden erst meine Hand, dann mein Arm und immer mehr mein ganzer Körper rot wie reines Mytrill.

Ich wusste, dass mein Tattoo violett glühte und meine Augen hatten sowieso dieselbe Farbe.

Meine Flügel schimmerten. »Eine ganz besondere Ausnahme!«, erklärte ich.

»W... Was für eine Ausnahme?«, fragte Julius.

Ich lächelte nicht. Mein Blick blieb düster. »Die Ewigkeit!«

»Die... Die... Die...«, stotterte Natalie.

»Doch die Ewigkeit währt lange und ist eine schwere Bürde. Niemand weiß, was das wirklich Schlimme an der Sache ist!!!« Ich schrie nun wieder.

Mytrill! Was ist denn los? Lyca klang sehr besorgt.

»Oh! Das ist es! Einsamkeit! Genau! Und wisst ihr, wem wir das verdanken?« Ich hob Mybanna vor mein Gesicht.

»Euch!«, rief ich und deutete mit dem Schwert auf Coach Julius.

»Was?!?!«, schrie dieser entsetzt.

»Aber wir sind nicht wie ihr, denn wir hassen das Leben nicht und wir töten auch keine Unschuldigen! Weder Monster, noch Mensch, noch Blitzauge sind für uns nichts wert! Wisst ihr, was das heißt?!?! Wisst ihr es!?!? Nein!!!!« Mybanna verschwand, doch das rote Glühen auf meinem Körper blieb. Ich packte den Coach am Kragen.

»Es ist Mitleid und Verständnis! Wie schon gesagt: Ich habe schon viel von euch gehört, aber keine einzige gute Sache! Trotzdem lasse ich euch in Ruhe, wenn ihr auch uns in Ruhe lasst!!!« Ich setzte ihn wieder ab.

»Ich weiß, was los ist! Du hast Angst, Monster!« Ich merkte einen Stich in meiner Brust, schloss die Augen und atmete tief durch.

»Mytrill!«, riefen Makel und Lyca.

»Es ist alles in Ordnung«, erklärte ich und zog das Schwert aus meiner Brust, bevor es veredelt werden konnte.

»Was zum ... Das ist echtes Mytrill!« Der Coach war empört.

»Nein!«, sagte ich und warf das Schwert vor seine Füße. »Ich bin die echte Mytrill!« Und mit diesen Worten wurde ich zu abertausenden von glänzend roten Schwertern.

Sie rotierten um Mybanna.

»Ich habe viel Geduld, finde ich, aber ich kann trotzdem auch ungeduldig werden!«

»Aber ich dachte Na'aim können sich nur in lebendige Wesen verwandeln!!!« Kuff kuff taumelte zurück und stützte sich auf Natalie.

»Das können sie auch nur, aber eine Sache habt ihr nicht bedacht: Mytrill lebt! Ich BIN Mytrill!!!«

Und mit diesen Worten wurde ich wieder zu mir selbst. Ich war wieder die normale Mytrill.

»Das musste ich jetzt mal rauslassen ...«, murmelte ich an niemanden bestimmten gerichtet.

»Das ... war krass ...«, hauchte Natalie.

»Abartig, krank, gruselig und gefährlich ... Wie sehr ich Monster hasse!« Kuff kuff humpelte rückwärts.

»Ich ... verstehe nicht ... Wie ...« Coach Julius blinzelte. Er hob schützend die Hände vor die Brust.

Mytrill ... Du hast uns das nie gesagt ... Makel klang traurig und bedrückt.

Ich verstehe dich. Lyca nickte bedächtig und Makel starrte sie entgeistert an. **Wieso?**, fragte er.

Mytrill, du bist unsere Tochter, aber wir waren nie für dich da. Du bist ohne uns aufgewachsen. Es ist schwierig, jemandem vollkommen zu vertrauen, den man noch nicht

einmal richtig kennt … So war es auch bei meiner Mutter. Lyca nickte wieder.

Ich habe sie jahrelang als Lehrerin gekannt. Dann war sie in meinen Augen eine Böse und plötzlich stellte sich heraus, dass sie meine Mutter war. Du kannst dir gar nicht vorstellen, wie ich sie gehasst habe, doch es gab einen Weg, sich mit ihr zu versöhnen: Ich habe ihr verziehen.

Ich sah meine Mutter an. **Und? Wer ist deine Mutter?**, fragte ich.

Dorelis! Du kennst sie wahrscheinlich nicht. Ich kannte sie all die Jahre nur als Doris … Aber das tut nichts zur … Lyca unterbrach sich selbst als sie meinen Blick bemerkte.

Was ist?, fragte sie.

Oh, ich kenne Dorelis, Billa, Joey und Lewesken! Ich habe sie getroffen und es stimmt: Sie haben von euch geredet, aber ich hätte nie gedacht, dass Doris deine … Mutter ist! Also meine Oma … Und sie sieht gerademal aus wie vierzig!

Als ich geendet hatte und den Kopf schüttelte, lächelte Lyca. **Sie benutzt die Verwandlungen, um jünger auszusehen. Es ist ihr peinlich.**

Sagt mal, wollt ihr das nicht auf wann anders vertagen, dieses Gespräch?, rief Makel uns ins Gedächtnis.

Ich nickte.

»Das einzige, was wir wollen, ist eine Bleibe, ein Ort, wo uns niemand und nichts findet«, erklärte ich dann.

Kuffkuff und Natalie sahen sich an.

»Aber wenn an diesem Ort schon jemand ist, dann sollten wir weiter suchen!« Damit breitete ich die Schwingen aus und erhob mich in die Lüfte durch das zerborstene Dach. Wieder folgten mir meine Eltern.

»Wartet!«, riefen sie uns nach, doch wir drehten uns nicht um.

Wir flogen weit und hoch oben, wo die Luft einen zu erdrücken schien. Es war kalt und doch brannte uns die Sonne auf die Haut ... Na ja ... Auf meine Haut und die Schuppen meiner Eltern, denn sie hatten wirklich Schuppen!

»Wisst ihr ... Statt den Blitzaugen zu beweisen, dass es keine Monster mehr gibt, zeigen wir ihnen gerade, dass aus den damals letzten drei Na'aim inzwischen vier geworden sind. Dann sind drei von ihnen auch noch unsterblich. Ich frage mich wirklich, ob unserer Mission Erfolg beschienen ist ...« Makel schüttelte den Kopf.

»Ich habe eine Idee!«, erklärte ich. Meine Eltern sahen mich an.

»Wir besuchen alle, die wir irgendwie kennen!«

»Schlechter Plan!«, schaltete Lyca sich ein. Ich schüttelte den Kopf. »Gar nicht, denn wir müssen uns doch verabschieden! Sonst denken sie am Ende noch, uns ist etwas wahrhaft Grausiges passiert, aber so wissen sie, dass wir in Sicherheit sind!«

»Und wo, bitte schön, sollen wir in Sicherheit sein?«, fragte Makel.

»In der Zeit!«

»Wie meinst du das?«

Kapitel 11

Komplizierte Pläne waren meine Spezialität. Wenn man alles infrage stellte und alle Komponenten berechnete (berechnen ist wahrscheinlich das falsche Wort ... Wahrscheinlich eher berücksichtigen), dann kam man zu dem Schluss, dass Ewigkeit etwas mit Zeit zu tun hatte. Mytrill und Stein hatten auch einige Gemeinsamkeiten ... Wie dem auch sei, mein Plan war in diesem Zusammenhang eigentlich ganz simpel. Später mehr dazu, aber jetzt waren wir erst einmal auf dem Weg zu unseren Freunden und Verwandten.

Oder besser: Zu unseren Freunden und zu Dorelis.

Wir machten uns also auf den Weg, um Dorelis, Billa und Co. zu finden. Mal davon abgesehen, dass es einige Zeit gedauert hatte, meine Eltern zu überreden, fanden wir sie relativ schnell.

Sie liefen direkt auf dem Weg und unterhielten sich lautstark. Billa lachte immer wieder.

Joey lief direkt neben ihr und lächelte verhalten.

Und neben Joey lief Lewesken, der ununterbrochen Witze erzählte und einfach nicht aufhörte zu quasseln.

Dorelis lief neben Billa und sah sich ängstlich, aber aufmerksam um. »Seid doch still! Wenn uns jemand hört?«, zischte sie plötzlich. Lewesken verstummte jäh. Dann wurde er zu Dorelis. »Seid doch still! Wenn uns jemand hört?«, äffte er sie nach und wurde dann wieder zu Lewesken. »Du solltest dich mal hören! Hier gibt es keine Blitzaugen und Menschen auch nicht!«

»Und wenn doch? Ihr wisst genau, was letztes Mal passiert ist!« Dorelis blieb stehen und stemmte die Fäuste in die Hüften.

»Wieso seid ihr in letzter Zeit eigentlich so albern? Ihr seid echt unmöglich!«

Lewesken blieb ebenfalls stehen. »Wir finden seit Wochen schon keine Monster mehr! Ist das nicht ein Grund zum Feiern? Sie haben sich alle versteckt! Auf der ganzen Landkarte gibt es keinen Bereich, in dem man noch Monster findet! Es gibt nichts mehr zu tun!« Lewesken seufzte.

»Vielleicht sollten wir jetzt ein friedliches Leben im Untergrund anfangen!«, schlug Joey kleinlaut vor. Billa quiekte erfreut. »Oh ja, oh ja, oh ja!«, rief sie und klatschte in die Klauen-Hände.

Dorelis schüttelte den Kopf.

»Hey! Wenn wir Lyca und Makel und so nicht finden, ist das doch ein gutes Zeichen! Wir müssen nicht weiter nach ihnen suchen!« Lewesken wirkte verärgert.

»Hey!«, rief Lyca und winkte. Die vier drehten sich um.

»Lyca! Makel! ... Mytrill?« Erst streckte Dorelis die Arme aus, doch dann wirkte sie verwirrt.

»Oh! Mytrill! Du bist ja auch hier! Wieso hast du denn Flügel?« Billa grinste uns entgegen.

Joeys Augen waren geweitet und Lewesken starrte. »Krass ...«, murmelte er.

»Ihr kennt euch zwar schon, aber Mutter, Billa, Joey, Lewesken, darf ich vorstellen: Unsere Tochter Mytrill!« Lyca grinste über beide Ohren, Makel klopfte mir auf die Schulter.

Wir landeten direkt vor den vieren.

»Ich bin Oma?« Dorelis war die erste, die etwas sagte. Sie hatte Tränen in den Augen, dann umarmte sie Lyca und mich.

Als sie uns etwas von sich schob, grinste sie. »Ich wusste doch, dass du Lyca total ähnlich siehst!«

Ich seufzte. Dann sah ich, wie Makel sich mit den restlichen drei unterhielt.

»Sagt mal, wo sind denn überhaupt Chez und sein Onkel hin?«, fragte Dorelis plötzlich.

Mit einem Mal wirkte Lycas Lächeln wie aufgesetzt und meines verschwand.

»In Sicherheit. Sie wollten ein normales Leben und das ist auch besser für sie, denn das ist alles nun viel zu gefährlich für sie!«, sagte ich.

»Zu gefährlich? Aber es gibt kaum noch Blitzaugen und alle Monster verstecken sich!« Dorelis hob eine Augenbraue.

»Weißt du, es hat sich vieles verändert … Sie sind Menschen und wir sind Monster. Wir haben eben unterschiedliche Lebensweisen und …« Lyca unterbrach sich selbst und seufzte.

Makel, Billa, Lewesken und Joey lachten über einen Witz, der uns entgangen war. Ich bemerkte es nur flüchtig.

»Irgendwann hat alles ein Ende, darum wollten wir uns auch verabschieden!«, ging ich dazwischen. Alle horchten auf und Makel sah betreten zu Boden. Lyca verzog das Gesicht.

»Wieso verabschieden?«, fragte Billa.

»Weil wir an einen Ort gehen, wo uns niemand finden darf. Wir können in dieser Welt kein gewöhnliches Leben führen.« Lyca versuchte zu lächeln.

»Aber wir haben uns doch eben erst wiedergetroffen!«, widersprach Dorelis.

»Ja, aber wir müssen wirklich gehen. Einen anderen Weg gibt es nicht.« Makel schüttelte traurig den Kopf.

»Aber wieso?«, fragte Lewesken.

»Weil wir alles überdauern. Wir möchten nicht immer mit ansehen, wie unsere Freunde und Bekannte erst altern und schließlich sterben. Wir können das nicht …« Ich stockte und sah zu Boden.

»Aber ihr seid doch auch nur Na'aim! Ja, vielleicht lebt ihr etwas länger als andere, aber es wird immer Freunde geben, die zu euch halten!« Billa sah uns flehend an.

»Das ist es nicht! Wir überdauern nicht nur eine Generation

von Freunden! Wir könnten uns mit euren Kindeskindern anfreunden und sähen ihnen doch nur wieder beim Altern und Sterben zu. Wir wären noch immer erst am Anfang unseres Lebens!« Lyca senkte den Kopf.

»Ich … verstehe nicht ganz«, gestand Dorelis.

»Wir sind unsterblich!«, brachte Makel die Sache auf den Punkt.

»Unmöglich!«, riefen Joey und Billa gleichzeitig.

»Leider nicht«, sagte ich. »Aber das ist nun auch egal. Wir sind gekommen, um uns zu verabschieden! Es tut uns leid, aber wir müssen nun weiter, bevor es zu spät ist!«

»Zu spät wofür?«, fragte Dorelis.

»Bis Sonnenuntergang müssen wir an einem bestimmten Ort sein, damit sich nie wieder irgendjemand mit uns anfreunden muss!« Lyca seufzte.

»Wollt ihr euch umbringen?«, fragte Billa entsetzt.

»Hast du nicht zugehört? Sie sind unsterblich!« Lewesken gestikulierte heftig.

»Oh!«, machte Billa. »Aber was wollt ihr sonst tun?«

»Es ist besser, wenn ihr es nicht wisst!«, erklärte Makel und meinte es ernst. »Lebt wohl!«, verabschiedete ich mich und trat zurück, nachdem ich jeden von ihnen kurz umarmt hatte.

Etwas später gesellten sich dann auch meine Eltern zu mir, wir breiteten die Flügel aus und flogen nach Myrotten. Es war noch helllichter Tag, als wir landeten und Quennot aufsuchten.

Er war daheim, bei meinen »ehemaligen« Eltern.

Ich trat die Tür ein. Natürlich sah ich normal aus, ohne Flügel. Ich umarmte Quennot. Wie erstarrt stand er da. »Leb wohl!«, flüsterte ich ihm ins Ohr und verließ das Haus. Im Nacken die Flüche meiner Zieh-Mutter.

Dann sahen sie Lyca und Makel. »Wer ist denn das?«, fragte mein Zieh-Vater irritiert.

Wir entfalteten die Flügel und flogen auf und davon. Einfach weg.

Oh ja! Ich fühlte ihre entsetzten Blicke auf meinem Rücken.

Nun gab es nur noch eine Sache zu erledigen ...

Wie sollten wir es bewerkstelligen, dass Chez, Penelothea und Onkelchen uns gehen ließen? Wir überließen es dem Zufall und wir flogen. Der Himmel war immer noch hell, doch seine Farbe war nicht mehr ganz so strahlend.

Wir kamen an. Niemand war da, in dem kleinen Haus.

»Was jetzt?«, fragte Makel. Lyca überlegte nicht lange und fischte Stift und Papier aus einer Schublade.

»Makel, Mytrill! Helft mir mal! Was wollen wir schreiben?«, fragte sie.

»Lieber Chez, liebe Penelothea, liebes Onkelchen! Für den Anfang!«, schlug ich vor.

»Wie wäre es mit: Liebe Freunde! Wie sieht's aus?«

Lyca nickte auf Makels Vorschlag und begann damit den Abschieds-Brief.

»Jetzt irgendwas Einfaches. Wir sollten sie schonend darauf vorbereiten, dass wir gehen!« Lyca tippte sich mit dem Stift gegen den Mundwinkel.

»Vielleicht: Wir haben nachgedacht. Eine Entscheidung musste getroffen werden ...«, begann ich.

» ... und eine Entscheidung wurde getroffen!«, beendete Makel meinen Satz. »Das ist gut!«, lobte Lyca.

So ging es einige Zeit hin und her. Am Ende hielten wir einen Brief in der Hand. Wir lasen ihn uns alle noch einmal durch.

Liebe Freunde,

wir haben nachgedacht. Eine Entscheidung musste getroffen werden und eine Entscheidung wurde getroffen.

Wir sind nicht glücklich damit, aber wir sehen keinen anderen Weg.

Wir haben beschlossen, an einen Ort zu gehen, wo wir nie wieder Schwierigkeiten machen werden.

Wir wünschen euch, dass ihr glücklich werdet! Chez, Penelothea, ihr passt gut zusammen! Habt ihr schon einmal über eine gemeinsame Zukunft nachgedacht?

Und Onkelchen, du solltest dir ein Hobby suchen! Du könntest zum Beispiel eine Art Bibliothek aufmachen, oder so!

Wie auch immer, wir wünschen euch, dass ihr glücklich werdet in eurem kommenden Leben, auch ohne uns.

Und somit sagen wir euch: Lebt wohl!

Bitte sucht nicht nach uns, wir wollen, dass ihr der Vergangenheit nicht nachhängt und wir bitten euch, euer kommendes Leben so fröhlich und normal wie ihr wollt zu gestalten!

Richtet euch nicht nach dem, was war und seht in die Zukunft, eure Zukunft.

Makel, Lyca & Mytrill

Wir legten den Brief gut sichtbar auf den Tisch und kletterten dann zum Fenster hinaus.

In diesem Moment betrat jemand das Haus durch die Eingangstür. Wir hörten die Stimmen von Chez, Penelothea und Onkelchen.

»Oh Gottchen!«, schluchzte Penelothea.

»Sie haben uns verlassen?«, fragte Chez ungläubig. »Das können sie nicht machen! Ich werde sie suchen!«, beschloss er schließlich.

»Bleib hier, Chez! Bitte! Geh jetzt nicht!«, schluchzte Penelothea.

Die Eingangstür knallte zu. Wir erhoben uns schnell in die Lüfte und versuchten außer Sicht zu kommen.

»Also ... Mytrill? Du solltest uns führen!« Makel ließ mich vorne fliegen.

Ich nickte und flog in Richtung des tiefsten mir bekannten Waldes.

Die Tannen waren so dunkelgrün, dass sie fast schwarz aussahen. In die Mitte dieses Waldes war eine winzige, fast unbedeutend kleine Lichtung geschlagen. Die Lichtung war so groß, das höchstens zehn eng aneinander gedrängte Personen darauf Platz hatten.

Wir landeten. Noch immer war es hell.

»Mytrill? Bist du dir sicher, dass der Plan auch wirklich klappt?«, fragte Lyca.

»Ich habe es vor Coach Julius gesagt und ich kann es meinetwegen auch hier noch einmal sagen: Ich BIN Mytrill! Wenn ich Waffen aus Mytrill erschaffen kann, dann ist ein simpler Stein doch Kinderkram dagegen!«

»Schön, das zu wissen ...«, meinte Makel ironisch.

»Und wir werden wirklich nichts merken?«, fragte Lyca.

»Es ist wie ein langer Schlaf oder sagen wir ... ein Blackout! Ich weiß, wovon ich spreche!« Ich lächelte verhalten und zog die Stirn kraus.

»Und wieso Sonnenuntergang?«, fragte Makel.

»Weil ich in einem Buch gelesen habe, dass Mytrill im Zwielicht am stärksten ist!«

»Und wie lange werden wir weg sein?«, fragte Lyca.

Ich zog die Stirn kraus und blinzelte. »Ich habe keinen blassen Schimmer! Aber ich nehme das explosive Mytrill! Das wagt wenigstens niemand abzubauen!«

»Also könnten wir jeden Moment einfach durch eine Explosion wieder ins Hier befördert werden?«, fragte Makel mit gerunzelter Stirn.

»Das ist unwahrscheinlich, denn erstens wagt nichts und

niemand, das explosive Mytrill abzubauen oder nur anzufassen, und zweitens wird sich eh niemand in diesen Wald verirren!«

»Und wenn doch jemand herkommt?«

»Lässt er uns in Ruhe!«

»Und wenn dieser jemand nicht weiß, wie man explosives Mytrill erkennt?«

»Oder vielleicht sogar nicht weiß, dass Mytrill überhaupt existiert?«

Makel und Lyca sahen mich beide zweifelnd an.

»Ach kommt schon! Es wird schon nichts passieren!«

»Und wenn doch?«

»Hallo? Ich habe das Mytrill unter Kontrolle! Wenn es explodieren will, kann ich es notfalls auch daran hindern!« Ich wedelte mit den Armen.

»Stimmt …«

»Na ja … Wir haben ja eh keine Wahl.«

»Eben!«, pflichtete ich Lyca bei.

»Also … Sonnenuntergang?« Makel sah skeptisch in den Himmel.

Langsam färbte er sich hellgrün.

»Noch nicht ganz … Vielleicht noch fünf oder acht Minuten«, schätzte ich.

Makel und Lyca umarmten sich.

»Mytrill? Komm zu uns, bitte!«, bat mich Lyca. Ich kam der Aufforderung nach.

Ich dachte an das Meer. Die sanfte Luft, wenn man durch die Wolken fliegt …

Die Wolken … Die Sonne färbte sie rot, rot wie Mytrill!!!

Ich spürte ein warmes Gefühl im Herzen.

Liebe! Ich liebte meine Eltern. Ja, endlich wusste ich, was dieses Wort bedeutete. Liebe! Fürsorge … Man begriff es im ersten Moment nie. Man glaubte es kaum, wenn es einem klar wurde und wenn man sich letztendlich wahrhaft sicher war, dann war es das allerbeste Gefühl der Welt.

Ich ließ mich tragen. Ruhig, von diesem wohligen Gefühl.

Alle Welt, sie sollte es wissen, ich fühlte mich so stark und lebendig wie nie zuvor. Alle meine Seelen ... Mybanna ... sie redeten mir besänftigend zu.

Dann öffnete ich die Augen. Ich konnte mich gar nicht daran erinnern, sie geschlossen zu haben.

Der Sonnenuntergang hatte begonnen.

Ich sah zum Himmel, schöpfte Kraft. Dachte an das mächtige Erz, welches mir so viel Kraft verlieh.

Ich wollte die Augen wieder schließen, doch ich erstarrte.

Wer kam da, aus dem Wald, auf die Lichtung gestolpert?

Das war doch nicht möglich! Es war Chez!!!

Kapitel 12

Eisige Schauer jagten mir den Rücken herunter.

Chez!!!

»Was macht ihr bloß? Was habt ihr vor? Bitte! Wir sind doch eure Freunde! Wo wollt ihr hingehen?«

Er hatte Tränen in den Augen.

»Bitte Chez, du musst doch verstehen! Irgendwann hätten wir uns ohnehin verabschieden müssen! Wir haben es nicht mehr ausgehalten!« Makel sah seinen Freund flehend an.

»Ich verstehe es nicht! Ist das nicht ein Grund mehr, jede Sekunde zu genießen?«, fragte Chez. Er wirkte verbissen.

»Nein!«, sagte Lyca. »Denn wir ruinieren euch nur das Leben, weil wir gejagt werden! Sie bedrohen euch, um an uns zu kommen, doch wir wollen nicht, dass sie euch etwas antun!«

»Aber wo wollt ihr denn hin?«, fragte Chez. Er kam näher.

»Chez, du musst uns gehen lassen! Es ist sonst zu spät!«, ging ich dazwischen. Ich spürte, wie meine Finger sich versteiften. Ich nahm Lyca an die eine, Makel an die andere Hand.

Meine Hände glühten rot.

»Was geht hier vor? Wo geht ihr hin?« Chez rannte auf uns zu.

Das Mytrill breitete sich über unsere Arme aus, wurde zu einer starren Masse, die uns zu lebenden Statuen machte.

Die Prozedur war langsam, doch stetig kroch das Mytrill unsere Arme entlang.

Makel und Lyca nahmen ihre wahre Gestalt an, doch ich musste das nicht. Ich tat es trotzdem.

»Bitte! Vergiss uns!« Bat Makel.

»Was geht hier vor? Was ist das? Warum … Warum … wollt

ihr uns alleine lassen?« Chez' Augen waren schon ganz rot und verquollen.

»Du solltest zu Penelothea gehen! Du magst sie doch, nicht?«, wechselte ich das Thema.

Chez senkte den Kopf.

»Es geht hier nicht um Penelothea oder mich! Es geht um euch!«, brachte er das ursprüngliche Thema wieder zur Sprache.

»Oh, nein! Es geht hier eben NICHT nur um uns! Es geht um alles! Wir wollen, dass die Monster in einer friedlichen Welt leben können, doch das geht nicht, wenn die Blitzaugen immer hinter uns her sind! Wenn wir nicht mehr aufzufinden sind, werden die Blitzaugen sich auflösen! Sie werden nicht mehr existieren! Das ist wichtig!« Lyca lächelte.

»Und darum ist es auch notwendig, dass wir das hier tun! Niemand wird uns jemals finden! Bitte! Chez! Vergiss uns!« Ich lächelte ebenfalls.

Das Mytrill hatte unsere Schultern erreicht und es kroch immer weiter.

Es verdichtete sich und bildete einen riesigen Klumpen.

Einen Fels aus reinem, explosivem Mytrill.

Wie Fossile wurden wir darin eingeschlossen, ganz langsam...

»Nein! Das geht doch nicht! Wieso, wieso!!! Macht es weg! Bleibt da! Bleibt bei uns! Es ist total unfair, jetzt einfach aufzugeben! Bitte!!!« Chez ging auf die Knie.

»Chez! Unsere Entscheidung ist getroffen! Niemals wieder darf es so etwas wie uns geben! Es ist unmöglich! Es ist eine Qual, für beide Seiten!« Makel drehte den Kopf so weit, wie er konnte. Das Mytrill erklomm unsere Hälse und gleichzeitig fuhr es an uns hinab wie eine kalte Dusche.

»Bitte ...«, flehte Chez mit brüchiger Stimme.

Wir konnten nicht mehr antworten. Das Mytrill ließ es nicht mehr zu. Es wuchs und wuchs.

»Warum?«, fragte Chez und schüttelte den Kopf. Er saß auf dem Boden und vergrub die verkrampften Finger in der kalten Erde.

»Warum ... « Er schluckte.

»Warum habe ich mich so falsch verhalten und ... und euch wie Kinder behandelt? Ihr wisst viel besser, was zu tun ist als ich ... « Chez schluchzte.

Mytrill? Kannst du das Mytrill so weit zurückdrängen, dass wir noch etwas sagen können?, fragte Makel. Nur unsere Augen und darüber die Stirn waren noch nicht mit Mytrill bedeckt.

Tut mir leid, aber es ist zu spät. Ich wünschte ... Mein Gedanken-Kontakt brach ab.

Erst zu Makel. Er war komplett eingeschlossen. Dann verschwand auch Lyca unter dem Mytrill.

Ich schloss die Augen und ein Gefühl der Taubheit breitete sich in meinem Körper aus.

»Warum ... «, hörte ich Chez noch einmal schluchzen, dann war es still.

Die Zeit schlief ein. Ich war nicht mehr wach. Schlief in dem Mytrill-Gestein und träumte davon, eine Wolke zu sein. Einfach eine Wolke, die am dunkelroten Himmel schwebte.

Unter mir war eine Lichtung.

In der Mitte war ein riesiger Felsen aus massivem Mytrill.

Vor dem Fels kniete ein weinender Mann.

Ich erkannte ihn nicht.

»Warum ... «, schluchzte der Mann immer wieder und hämmerte mit den Fäusten auf die Erde ein.

Dann ... irgendwann stand er auf. Er ging und ich folgte ihm neugierig.

Er ging in eine Siedlung. Dort ging er zu einem Haus und davor wartete eine weinende Frau auf ihn.

»Hast du ...«, fing die Frau an, doch als sie sein Gesicht sah, unterbrach sie sich.

»Was haben sie ...«, begann sie wieder und dieses Mal unterbrach der Mann sie. Und zwar, indem er ihre Worte mit einem Kuss erstickte. Beide sahen nun gar nicht mehr traurig aus und ich entschloss mich dazu, weiter zu ziehen.

Es gab noch viele andere aufregende Kreaturen, denen ich folgen wollte. Ich wusste nicht warum, aber ich beschloss, hier wieder einmal vorbei zu ziehen.

Ich flog über die Wälder und ich versuchte mir ihre Schönheit einzuprägen, doch ich vergaß sie alle sofort wieder und nach wenigen Sekunden waren auch der weinende Mann und die Frau vergessen und doch ... gab es etwas in mir, dass sich alles, was ich erlebte merkte, das wusste ich. Und manchmal, wenn ich als einsame Wüstenwolke über eine trockene Steppe flog, dann sagte ich mir ein Sprüchlein im Kopf auf, das mich aufheiterte. Ich wusste zwar nicht, was es bedeutete oder warum ich es auswendig konnte, aber ich mochte es.

Gewaltiges Erz, aus Blut erstanden,
ist es dein Wille, werde ich neu geboren,
um die Welt aus ihrer Grausamkeit zu reißen,
öffne du mir deine Tore.

Und eine Stimme sprach zu mir. Ich verstand die Worte nicht, aber die Stimme schien nett zu sein.

So zog ich durch die Welt. Es gab viele Wunder.

Ich konnte mir keines erklären und ich vergaß sie auch alle wieder, aber das war nicht wichtig!

Wichtig war, dass ich ein wohliges Gefühl hatte. Es fühlte sich warm an, aber nicht heiß.

Es war genau richtig dosiert und es begleitete mich überall hin.

In meinem Zustand konnte ich das Gefühl nicht benennen, aber mein Unterbewusstsein sprach zu mir.

Ich verstand die Worte nicht, aber sie waren lieb und ich mochte sie: Liebe und Fürsorge!

Von Tanja Hildebrand ebenfalls lieferbar:

Die Element-Chroniken

Teil 1: Die letzten Na'aim

Fantasyroman

2012. 160 Seiten. Paperback € 9,80

ISBN 978-3-86455-989-1

Eine friedvolle, wunderbare Welt, doch sie ist voller gefährlicher Monster. Darum gibt es die Blitzaugen, die die Monster bekämpfen. Eine von ihnen ist die fünfzehnjährige Lyca. Sie widmet all ihre Freizeit der Monsterjagd.
Dann wird einer ihrer Mitschüler von einem Monster entführt. Lyca schreitet zur Tat. Doch mit der Zeit bekommt sie einen üblen Verdacht ...
Eine Fantasy-Geschichte, die in einer Welt spielt, die nicht mit unserer zu vergleichen ist, oder doch?